***Antonin Malroux** a remporté le prix du roman d'Auvergne pour cet ouvrage,* Le Soleil de Monédière. *Originaire du Cantal, soucieux de donner un ultime souffle à des modes de vie qui s'éteignent peu à peu, il compose ses textes en s'inspirant de la beauté des paysages, des odeurs préservées, des lumières uniques, des visages croisés au détour des chemins de sa province de prédilection, l'Auvergne.*

Le Soleil de Monédière

Du même auteur

La Fille des eaux vives, L'Archipel, 2007.
Les Trois Marches, Albin Michel, 2005.
Un fils pour mes terres, Albin Michel, 2004.
La Vallée d'émeraude, Albin Michel, 2003.
La Dernière Estive, collection Terre de poche, De Borée, 2002.
L'Enfance inachevée, éditions Albin Michel, 2001.
Le Moulin des rêves, Prix du roman du terroir Rosine Perrier, Hermillon 2001, éditions Albin Michel, 2000.
La Noisetière, Prix Lucien-Gachon 2000, éditions Albin Michel, 1998.
Le Soleil de Monédière, Prix du Roman d'Auvergne 1994, édition De Borée, 1994.
Le Prince d'Estarieu ou *Une enfance dans la châtaigneraie*, essai.

Toute ressemblance avec des noms de lieux ou de personnes existantes ou ayant existé, ne serait que pure coïncidence.

53, rue Fernand-Forest - Z.A. de l'Artière - 63540 Romagnat
Achevé d'imprimer en France en avril 2007
par l'imprimerie Bussière
Dépôt légal : avril 2007
N° d'impression : 62412
ISBN : 978-2-84494-478-8

ANTONIN MALROUX

LE SOLEIL DE MONÉDIÈRE

Préface de Christiane Lafon

De Borée
Terre de poche

Remerciements à Christiane Lafon
pour sa préface.

Préface

J'ai ouvert avec confiance ce roman d'Antonin Malroux pour plusieurs raisons :

– En premier lieu parce qu'il faut toujours avoir confiance en l'écrivain. Il est une partie de nous-même que nous ne savons pas mettre en valeur, une face cachée de notre ego, le miroir à deux faces de l'individu. L'écrivain est un faiseur de miracles : il donne le bonheur, la tristesse, le hasard, la vie même. Avons-nous seulement imaginé ce qui a présidé à la création, à la naissance d'une œuvre ? Avons-nous pensé, nous lecteurs et critiques faciles, un seul instant à la somme de souffrances intérieures que peut endurer celui qui tient la plume, au gré de la réalité ou de son imaginaire, pour essayer de nous transmettre un message, son message, au mieux de son signifié ?

– J'ai eu confiance ensuite car cet écrivain-là est avant tout un poète, donc un être sensible et parce que je savais que ce qu'il transcrivait si joliment en

vers, il savait nous le communiquer dans un autre style d'écriture. Beau parcours, en vérité, que de passer du poème à la prose et d'y réussir de si belle façon.

Antonin Malroux nous entraîne, comme à l'accoutumée, dans son Auvergne natale, au milieu des bruyères et des ajoncs, dans cet univers mystérieux d'un pays à peine découvert, pas encore défiguré. Il nous parle cette fois d'un drame qui va se jouer, au cœur de ce territoire presque inviolé, entre des acteurs venus d'horizons si différents que l'on pressent que le bonheur ne peut pas sortir intact de ce roman-là.

Amour, maître mot de cet ouvrage plein de charme et d'émotions retenues dans le cœur d'un personnage ô combien attachant, un funambule de la vie, en équilibre sur son fil, piégé par la beauté, la cruauté ignorante ou la passion mortelle.

Cet homme a ouvert les yeux sur un univers où le doute n'est pas permis, où la maîtrise de soi est de mise ; tous les personnages qui gravitent autour de lui sont là pour le lui rappeler, chacun à sa manière.

Drame du bonheur raté, de la jalousie, de l'envie, de l'incompréhension, nous sommes de ces endroits où l'affectivité est peuplée de non-dits, de ces sentiments refoulés, cachés, meurtris, insaisissables, de ces mots que l'on n'ose pas prononcer de peur de les voir éclabousser la beauté intérieure de l'être aimé, parce qu'ailleurs ils sont ternis, galvaudés, piétinés.

Préface

Après la lecture de ce roman il flotte encore dans l'air un indicible parfum de plaisir. Voilà ce que j'ai ressenti et je souhaite que les lecteurs pressentent comme moi que nous avons assisté là à la naissance d'un romancier de talent.

Christiane LAFON

I

Entre le ciel et la terre

DIX-SEPT HEURES À LA PENDULE ! Cinq coups de marteau réguliers, précis.

Vautré dans un fauteuil, je regardais mes pieds. Je me sentais bien dans cette maison que j'occupais depuis la veille seulement, avec les vacances à consommer modérément, lentement, heure après heure, en pleine nature.

Une menthe à l'eau, émeraude détournant le beige dominant de cette pièce, pouvait jouer le point d'espérance, soutenu par un reflet éclaté d'une casserole de cuivre astiquée jusqu'au cœur du métal.

Le neuf, l'ancien à la fois… comme dans le cœur des hommes qui s'accrochent aux choses, à leurs biens, si petits soient-ils.

L'atmosphère favorisant la réflexion, une idée, pas pour autant très nouvelle a reparu, comme un défi : écrire un livre !

Déjà 5 heures du soir et je n'avais aucune inspiration… le vide… le creux dans l'âme ! L'horloge, magnifique, se moquait de moi. Elle travaillait sans cesse, nuit et jour, marquant le temps de son tic-tac, accompagnant ce qui passait, souhaitant la bienvenue à ce qui naissait.

Nous étions, ma femme et moi, installés à Monédière, hameau typique auvergnat, caché et perdu dans une verdoyante nature cantalienne : le pays.

Je me promenais dans le chemin, reconnaissant mon territoire. Il ne m'était pas tout à fait inconnu, j'étais venu ici quelquefois, un court après-midi ou deux.

Natif de cette région et l'ayant hélas quittée dès la fin de mon adolescence, j'aimais la retrouver comme on retrouve les siens, ceux que l'on aime. « Replacer l'objet dans son écrin, il épousera toujours son empreinte, parfaitement ; chaque fois ce geste vous rassure. »

J'avais ce besoin cette année-là, de rejoindre le moule, pour revivifier mon corps et mon âme, même si je n'étais pas ici dans mon village natal.

Faire connaissance avec ces quelques maisons et leurs habitants, voilà un sujet passionnant.

Autrefois plus vivantes, les campagnes se dépeuplent. Qu'en restera-t-il dans vingt ans ? Revivront-elles dans un contexte différent ?

Les hommes ne peuvent indéfiniment les abandonner pour se grouper dans ces immenses villes où le « temps » de vivre n'existe plus.

À Monédière, une seule ferme restait en exploitation normale, celle des Garoche.

Les enfants Garoche, deux frères, Fernand et Pierre, leur sœur Angèle cohabitaient dans la grande et belle propriété. Les deux fils vivaient dans deux pavillons jumelés, qui dénotaient par leur architecture moderne avec les autres bâtisses.

La jeunesse ne se satisfait pas du passé. Les tracteurs, les engins mécaniques embarrassaient les cours et les hangars.

Des enfants jouaient, les volailles erraient, des chiens s'ennuyaient quelque part. Décor idéal, malgré des carcasses de voitures anciennes, sans roues, montées parfois sur cales, servant d'abri, de niche ou de poulailler. Il ne me plaisait pas, ce progrès mort, ces verrues de ferrailles çà et là.

La maison qui nous reçut, restaurée avec goût et tendresse, plantée dans un tapis de gazon, respirait le bien-être, rassurait par son allure.

La toiture, d'un gris bleuté, laissait échapper une grosse cheminée et les chiens assis des chambres à l'étage.

Deux marches en pierre à franchir, une porte en chêne à pousser, et la maison vous accueillait dans son intimité.

À droite, bâtie de ce granit du pays, une cheminée immense, au manteau décrivant une courbe inquiétante.

La partie cuisine occupait le côté gauche, allure moderne, boiseries de chêne, près de l'une des deux fenêtres de façade.

En face, au fond de cette salle se trouvait la souillarde, toute de pierres apparentes, sol rehaussé de la valeur d'une marche, plafond avec voûte romane, orgueil de la pièce s'harmonisant à l'architecture de l'ensemble.

Au centre, une table de ferme en bois massif, avec ses grands tiroirs, complétée de ses deux bancs en hêtre. Dans un angle un bureau ancien, une lampe, un téléphone.

Deux fauteuils nous attendaient... Les poutres apparentes du plafond, l'escalier qui se sauvait à l'étage ajoutaient à cette demeure une sensation de valeur vraie, authentique.

De la petite fenêtre du fond, on devinait une maison basse, au toit lourd, la porte fermée, deux croisées aux carreaux sales ; telle était l'habitation assez proche de Rolland Bassepierre dit « le jamais rasé ».

L'homme vivait seul dans cette maison vieille, mal entretenue, parcourue d'une treille fatiguée de courir après le mur sali par les temps.

Plus haut, la grange, avec, comme il se doit, l'étable en dessous, avec quelques cages à lapins construites tout près et poulaillers dont les portes ne fermaient pas. Des flaques d'eau faisaient le bonheur des canards, et ne dérangeaient personne.

Ça et là, des touffes d'orties, des ronces masquaient le mur démoli par endroits, épuisé de tenir l'alignement inutile. La basse-cour, heureuse de ce désordre, menait bon train.

Ici, chaque parcelle, chaque jardin, chaque chemin s'accommodait de bordures d'arbres, de haies colorées de fleurs multicolores, jamais semées, mais toujours aussi présentes et magiques.

Dans la courbe du paysage, au milieu d'un jardin bordé de verdure et de vieux murs, une maison toute seule, au crépi clair et aux volets blancs. Des rosiers, beaucoup de fleurs, des couleurs à vous rendre envieux !

Prévenu, je savais que personne n'habitait ici, ni ne venait depuis longtemps, mais l'endroit était toujours prêt pour recevoir. J'espérais en savoir davantage dans les jours suivants.

Le soleil avec moi, une douce brise caressante et plein d'oiseaux se manifestaient, invisibles mais présents.

Je désirais me fondre dans l'intimité de ce hameau jusqu'au fond de son cœur, sans le blesser… tâche difficile, sûrement prétentieuse.

À peine avais-je vu l'homme qu'il m'avait tourné le dos, disparaissant dans sa maison. C'était certainement « le jamais rasé ». Je l'intriguais, et réciproquement. Je continuais, me dirigeant vers la maison des Garoche, sur le chemin poudreux, bien décoré de bouses de vaches. Mes espadrilles (neuves pour les vacances), furent vite baptisées. Un chien aboya dans ma direction. Je m'inquiétais, sait-on jamais… j'étais l'étranger.

Soudain apparut une vielle femme, ordonnant à son chien de se taire.

« Tais-toi sale bête, fiche le camp !

– Bonjour madame et merci, sans vous…

– Vous savez, il ne vous connaît pas, et moi non plus d'ailleurs, dit-elle en s'asseyant sur une chaise qui semblait l'accompagner.

– Julien Orlan, nous sommes arrivés hier soir seulement, pour quelques jours, nous logeons chez…

– Je vois maintenant qui vous êtes. Vous serez bien ici. C'est calme vous verrez, si calme qu'on finit par s'y ennuyer au bout de quelques années, mais vous, vous n'aurez pas le temps…

– J'aime ce hameau paisible, sa beauté.

– Pour être tranquille c'est certain ; il n'y a que nous ici à présent, mes enfants et petits-enfants. À part le dimanche où vos propriétaires viennent…

– Il y a bien M. Bassepierre ?

– Celui-là, c'est comme s'il n'existait pas, c'est le solitaire du pays ! »

Elle détournait le regard. Femme de taille moyenne, plutôt maigre, visage bruni par les journées de soleil, qui semblerait à la recherche de choses introuvables. Portant des lunettes à fines montures argentées glissées dans ses cheveux gris tirés en arrière, un verre opaque me privait de la rencontre de ses yeux. Vêtue du traditionnel tablier gris à fleurs minuscules, elle portait aussi l'obligatoire pull de laine anthracite.

« Je poursuis ma promenade, au revoir madame. »

Quelques mots sortirent de sa bouche, que je ne pus comprendre. Le chien allongé sur le passage ne grognait plus. Pour ma première sortie, je connus une personne, un chien et j'avais entrevu « le jamais rasé ».

Rejoignant mon pied-à-terre, j'observais la maison aux volets blancs. Que cachait-elle sous le soleil ? Devant la porte de Bassepierre, un autre chien faisait semblant de dormir.

Dans la fin de la nuit, une aube s'offrait à moi, douce, nouvelle comme toutes les aubes. Le soleil radieux, les arbres heureux, les jardins tranquilles…

La lumière tiède éclairait le monde matinal qui se métamorphosait. Une odeur fraîche, une odeur de rosée pure m'envahissait le cœur et l'âme, et me collait à cette beauté, merveilleuse et naturelle.

Tout vivait autour de moi. Parmi le piaillement des moineaux, se distinguaient le caquetage des volailles, les aboiements de chiens au loin, le bruit d'un tracteur au travail, de voitures passant à quelques centaines de mètres, et de bien d'autres encore. Puis le puissant Massey Fergusson des Garoche se manifesta plus bruyamment, c'est vrai qu'il était 9 heures, déjà…

Une sortie s'imposait, la recherche du bien-être et des idées nécessaires.

« Le jamais rasé » traînait dans sa cour, embarrassé de son chien roux.

« Bonjour monsieur, lui dis-je, belle journée ! »

Après une longue hésitation, face à mon sourire insistant, j'eus enfin droit à un bonjour, c'était plutôt un grognement… Je n'insistais pas et continuais.

La vieille dame attendait devant sa porte.

« Bonjour madame.

– Bonjour, déjà levé ?

– Il faut profiter des vacances au maximum, la matinée sera vite chaude…

– Si vous avez besoin de quelque chose, ne vous gênez pas, mes enfants vous vendront leurs produits. »

Elle venait lentement vers moi. Le bruit de ses galoches noires et vernies me plaisait. Il était facile de deviner son envie de parler. Après bien des banalités, je lui demandais à qui appartenait la maison aux volets blancs.

« Elle était à nous autrefois, à mon mari et à moi. Nous l'avons cédée à des Parisiens il y a bien longtemps. Nous aurions mieux fait de la garder, pour ce qu'ils en font maintenant. Que voulez-vous, tout change, les Paledise ont trop de sous maintenant, c'est pas assez bien pour eux. »

Bavarde comme je le souhaitais ! J'appris facilement comment l'affaire fut conclue.

C'était au printemps 1961. Une famille d'instituteurs, Mme et M. Verligne assuraient leur vocation dans la commune de Saint-Tinsan, à laquelle est rattaché Monédière. Ils invitèrent cette année-là leurs amis de Paris, désireux de connaître l'Auvergne.

Les voyageurs arrivèrent au pays. Saint-Tinsan les accueillit si bien qu'ils eurent le coup de foudre pour la région, et voulurent acheter un pied-à-terre, comme ils disaient.

En ce temps-là, peu de maisons étaient à vendre. Chacun gardait son patrimoine. Les paysans ne cédaient pas facilement leurs terres, ni leurs maisons.

Cette année 1961 était difficile pour les Garoche, se moderniser, s'équiper en outillage moderne... Les enfants jeunes, les charges lourdes, peu de solutions à l'horizon. Il y avait bien cette maison qui ne servait à personne, héritage des parents de Mme Garoche, dans un verger oublié de tout le monde, mais...

Comment l'instituteur sut ?

Un soir il vint chez les Garoche, avec son épouse. Les approches furent difficiles. M. Verligne les informa que les Paledise, leurs amis de Paris étaient des gens recommandables, qui souhaitaient acquérir une habitation pour les vacances, même avec travaux, ils les effectueraient.

Le surlendemain, tout le monde était sur les lieux, les uns épiant les autres : M. et Mme Paledise, leurs enfants Georges et Isabelle, dix-huit et dix-sept ans, les époux Garoche avec les leurs : Fernand âgé de dix-huit ans, Pierre dix-sept et leur fille Angèle de treize ans. Ce fut leur première rencontre.

Après la visite détaillée, la construction s'avéra convenir et une estimation fut proposée…

Les enfants des deux familles ne s'apprécièrent guère. À l'écart, Mme et M. Bassepierre observaient ce remue-ménage. Leur fils Rolland, dans sa dix-septième année, se préoccupait d'autre chose.

Les palabres furent longs. Après plusieurs jours de discussions, un protocole d'accord fut trouvé. Une parcelle de terrain fut délimitée autour de la maison, le plus possible pour les uns, le moins pour les autres. Le notaire fit le reste… Personne ne se dit satisfait, mais le vendeur et l'acheteur réalisèrent une bonne affaire.

Il fut convenu que les vendeurs assureraient un entretien pendant l'absence des propriétaires.

Les travaux de restauration commencèrent dès la fin de l'année. Quatre mois plus tard, des meubles arrivèrent de Paris.

« Un petit château ! » me dit Mme Garoche.

Elle regrettait... si ses parents voyaient...

Le jardin prit une allure inhabituelle. Des fleurs, des rosiers surtout, remplacèrent les vieux pommiers étouffés de gui. Seul, un mur très ancien fut conservé.

L'ensemble devint facilement le joyau du hameau ; il intriguait, surprenait, rendait fiers les Paledise, fonctionnaires hauts placés à Paris.

Quant à la famille Garoche, elle utilisa ce capital ainsi réalisé dans l'investissement nécessaire à la modernisation de leur ferme. Les Bassepierre furent jaloux, comme il se doit... Les enfants des deux familles voisines se chamaillèrent davantage, en attendant le premier été.

Mme Garoche, dans son typique tablier gris à fleurs blanches, coiffée d'un chapeau de paille presque noir, débitait son savoir. J'appris que son mari était décédé dix ans plus tôt, d'une longue maladie.

« La vie a ses malheurs. Je vis chez Fernand et Pierre, et mes belles-filles sont très compréhensives. Quant à mes trois arrière-petits-enfants, voyez comme ils sont beaux, à courir partout...

– C'est de leur âge, nous aussi nous avons été jeunes !

– J'ai aussi Angèle, ma fille... »

Son regard se détourna et se perdit quelque part. Puis elle continua :

« Elle vit ici dans cette maison, toute seule. Elle ne s'est jamais mariée…

– Chacun mène sa vie comme il veut.

– Ici vous savez, ce n'est pas pareil… »

Les enfants se rapprochaient ; un garçonnet, et deux fillettes véritables garçons manqués, qui tapaient dans un ballon.

Leur grand-mère profita de la situation pour s'éloigner doucement en leur parlant.

« Je vous souhaite une bonne journée », dis-je.

Pendant qu'elle s'en allait, je regardais les fenêtres de la maison d'Angèle ; j'aperçus un visage qui m'observait derrière les carreaux sans rideaux.

Je désirais connaître Rolland Bassepierre, celui que tout le monde appelait « le jamais rasé ». L'histoire du hameau me passionnait, et je voulais la connaître entièrement ; elle réservait sûrement des surprises.

Bassepierre sortait justement de chez lui.

« Bonjour monsieur Bassepierre. »

Comme surpris et toujours étonné, il hésita et me rendit le salut. J'ajoutai :

« Pourriez-vous me rendre un service ?

– Si je peux, pourquoi pas.

– Nous sommes là, chez les Lavex, pour quelques jours et nous attendons du courrier. Si le facteur nous cherche, soyez aimable de le renseigner s'il vous plaît ?

– Avec plaisir monsieur, monsieur ?

– Julien Orlan.

– Moi c'est Rolland, Rolland Bassepierre. Vous serez vite connu ici, nous ne sommes pas si nombreux au village.

– Vous êtes très aimable. Ce hameau me plaît beaucoup.

– Tout se meurt, voyez la campagne, il n'y a qu'une exploitation qui fonctionne ; moi je vivote pour ainsi dire…

– Vous êtes certainement tranquille ici.

– On ne choisit pas toujours la vie que l'on mène. Je ne devrais pas être comme ça en ce moment ; non monsieur, on ne choisit pas toujours… »

Voyant mon interlocuteur embarrassé, je changeai de sujet.

« Qui habite cette belle maison, aux volets blancs ? Si cela ne vous gêne pas de me le dire. »

Un silence tomba, même sur son regard. Il devint grave, hésita. Avais-je commis une erreur ?

« C'était une simple question, excusez-moi.

– Après tout, rien ne m'empêche de vous répondre… Venez donc ce soir, nous en parlerons, tenez là, sous l'arbre, d'accord ?

– Entendu, à plus tard. »

Le lien établi, j'avais cependant le sentiment d'avoir bousculé quelque chose. Étais-je trop curieux ? Connaissant une partie de la vérité par Mme Garoche, peut-être aurais-je une deuxième version ?

J'avais imaginé un homme plus âgé. Vêtu d'un jean, j'aurais pu dire très sale, d'une chemise et d'un pull du même genre, il représentait bien le vieux garçon auvergnat, n'en déplaise à certains... Pas rasé, des moustaches plutôt rousses, bien fournies, ajoutaient à son visage, d'où perçaient des yeux marron, quelque chose d'étrange et pourtant de rassurant ; sa chevelure châtaine, abondante, aurait mérité sans nul doute un entretien plus sérieux, même sous un béret crasseux et fatigué.

Suivi de son chien, il disparut dans l'entrebâillement de sa porte, une lourde porte dans le haut de laquelle deux carreaux gris, comme ceux des fenêtres d'ailleurs, attendaient une main courageuse.

Voilà qui avançait. Voisinage surprenant : la maison de Bassepierre plus ou moins à l'abandon et l'autre, rutilante, dans un jardinet fleuri, même si les rosiers en ce mois d'août ralentissaient leur floraison.

Elle attendait, cette maison. Oui, comme s'attendent les jours, les semaines, les mois... l'imagination ne manquait pas.

Le temps magnifique, ensoleillé, chaud et doux à la fois me berçait... Sous le tilleul encore jeune, mais avec un feuillage suffisant pour donner une ombre agréable, je m'installai après le déjeuner. L'écrin de verdure environnant se divisait alors dans ses formes propres et ses couleurs magiques. Le vieux cerisier dominait le jardin d'en face, parmi des pommiers aux fruits pâles, des poiriers aux branches tortueuses, des pruniers sauvages ou greffés, arbres tristes ou gais, recroquevillés ou penchés, certains à demi-secs, d'autres taillés par des mains expertes ou saccagés par des orages violents.

Des rosiers à petites fleurs coloraient les abords, les haies des potagers en grappes roses, de teinte sucrée. Une brise douce effleurait ce décor inégalable en harmonie, tandis que des lézards collaient leur ventre aux pierres chaudes des murs. Des papillons blancs et jaunes voletaient sur les choux immobiles et sans défense.

Quelques bruits d'engins agricoles déchiraient le silence, silence imparfait vêtu de mille bruissements, de rires d'enfants, ou même du vol d'un bourdon ne respectant pas sa limitation de vitesse près de mes oreilles...

La pelouse sauvage, mais bien tondue, rehaussait les pierres des murets, et recueillait les pétales des roses, linceul de verdure aux gouttes de sang des fleurs... se desséchant au soleil.

Vers d'autres jardins, les lessives étendues coloraient aussi par leurs teintes et leurs formes plates et fantaisistes, des espaces innocents...

Un livre ouvert sur la table, un cahier sur lequel je prenais des notes, figeant quelque impression utile, étaient mes deux compagnons muets de ces instants délicieux. Penché ou perdu dans mes réflexions, parfois incohérentes, je pressentis la présence de quelqu'un. Inexplicable phénomène.

Mon regard rencontra cet autre regard, à une dizaine de mètres de moi, là, par-dessus la haie de buissons entremêlés du potager voisin. J'esquissai un mot lorsqu'elle se retourna et s'en alla. Brune, cheveux mi-longs, les yeux foncés lui donnant un regard curieux, sans reproche ; elle s'éloignait lentement, habillée d'un pantalon et d'un caraco fantaisie.

Je reconnus Angèle, aperçue derrière sa fenêtre, le matin même. Sa silhouette disparut derrière une touffe de dahlias aux couleurs vives. Les jardins des campagnes débordent souvent de fleurs.

J'étais rêveur, la pensée s'accrochant au fil de mon regard qui glissait maintenant sur les toits d'ardoises. Dans le ciel, des nuages blancs erraient à la recherche de je-ne-sais-quoi, peut-être comme moi. Les lilas, privés de leur beauté printanière supportaient mal l'été.

Quant aux deux énormes sapins là-bas, au fond d'un verger, ils ressemblaient à deux sentinelles égarées, bardés de cônes, munitions inutiles...

II

Isabelle !

Déjà les jours perdaient de leur longueur, en cette première semaine d'août. 18 heures… j'allais enfin rencontrer mon voisin.

Sous le châtaignier une table attendait, avec deux chaises plutôt fatiguées, un tabouret de bois rafistolé. Je m'avançais sans me presser, nonchalant, comme si le hasard faisait les choses. Bassepierre sortit de chez lui, me fit un signe amical, une bouteille, trois verres à la main.

« Approchez-vous, dit-il, prenez une chaise.

– J'espère que je ne viens pas trop tôt ?

– Pensez donc, les jours raccourcissent déjà, la fraîcheur tombe vite ici.

– Mais aujourd'hui, vu la chaleur, je me suis installé sous le tilleul.

– Quand on est en vacances, c'est ce qu'il y a de mieux à faire. Je vous ai vu faire des écritures penché sur votre table.

– Je lisais tout au plus…

– Votre dame ne vient pas ?

– Elle prépare le souper, peut-être tout à l'heure…

– En attendant, nous allons prendre l'apéritif. »

Il distribuait généreusement la gentiane.

« Vous êtes là pour quelques jours ?

– Oui, jusqu'à la fin du mois, quatre semaines. Nous nous sommes arrangés avec les propriétaires. J'avoue que je ne le regrette pas, l'endroit est tellement beau…

– C'est calme désormais, les campagnes se vident, les gens s'en vont gagner leur vie ailleurs. Courageux sont ceux qui restent vous savez…

– Vous-même, vous avez une exploitation ? »

Il hocha la tête.

« Une exploitation que j'exploite mal. J'aurais dû emprunter comme tant d'autres, quand il était temps. Nous n'avons pas fait les choses comme il fallait, ou quand il le fallait avec mes parents. »

Il s'arrêta de parler. J'ajoutai :

« Chacun a ses problèmes, ses regrets.

– À force d'attendre quelque chose qui ne vient pas, on ne fait rien. »

Nous trinquions à notre santé. Les minutes passaient.

« Voyez-vous, les autres, là-bas, les Garoche, se sont bien débrouillés, ils ont pas mal de terres, et en plus je leur loue les miennes. Avec deux garçons et une fille, ils ont tenu le coup. Faut dire que moi j'étais seul, ce n'est pas la même situation…

Isabelle !

– Ils vivent tous ici ?

– On peut dire oui. La fille, Angèle, vit seule, avec des arrangements à eux. Elle travaille tantôt chez l'un, tantôt chez l'autre.

– Toujours célibataire ?

– C'est son problème, que voulez-vous, elle ne peut supporter personne. Il y avait bien quelqu'un pendant un certain temps, ça a même duré plusieurs années, puis… »

Toujours un hochement de tête pour ne pas en dire plus… typique des paysans.

Bassepierre n'était pas l'homme que j'avais imaginé. Plutôt rondouillard, avec, comment dire, une bonne bouille. La gentiane s'appréciait…

« Je n'abuse pas de votre temps ?, lui dis-je.

– Au contraire, les visites sont rares. Quelques copains de temps en temps, qui viennent me chercher pour sortir, mais je ne les suis pas souvent, je sais comment cela se termine. C'est vrai que je suis célibataire, mais je ne veux pas y laisser la santé.

– Vous êtes voué au célibat ?

– Ça s'est pas fait comme je voulais, je suis comme ça, et le temps a fait le reste.

– J'ai aperçu Angèle dans l'après-midi, quel âge peut-elle avoir ?

– Quatre ans de moins que moi, c'est-à-dire quarante-quatre.

– Vous entendez-vous bien ?

– On se connaît depuis toujours, trop peut-être. Ma mère me disait souvent : “Prends Angèle, elle est à côté, belle comme tout.” C’est vrai, même aujourd’hui elle me plaît bien…

– Vous n’êtes jamais sortis ensemble ? »

Hochement de tête.

« Excusez-moi, ça ne me regarde pas.

– Vous n’êtes pas le seul à poser la question. Mais pour le moment rien ne s’est fait. »

Un léger sourire mit un point final au sujet. Pour changer le fil de la conversation, je dis :

« Vous avez là un très bel arbre, un châtaignier magnifique ! »

Il acquiesça, et, après un long silence :

« Je l’ai moi-même planté en 1963, j’avais dix-huit ans. Mes parents ont crié : “Ce n’est pas l’endroit d’un arbre ici, c’est pas la place qui manque un peu plus loin…” Ils avaient certainement raison, mais moi, c’est ici que je le voulais. Il est splendide aujourd’hui. »

Son regard parcourait les branchages, tantôt admiratif, tantôt mélancolique.

« Mes parents sont morts tous deux. Mon père lorsque j’avais vingt-cinq ans et ma mère il y a six ans. Mon père s’est tué dans un accident de tracteur, celui-ci a chaviré et… »

Un silence.

« Cet arbre toujours vivant est mon livre, mon confident. Il sait tout de ma vie… »

Étrange !

« Certains disent que je suis fou ; je ne suis pas sûr qu'ils n'ont pas raison. »

Un éclat de rire gomma ses paroles.

« Et vous, que faites-vous dans la vie, monsieur Julien Orlan ? »

Je fus surpris de son interrogation, mais il est vrai que moi seul avais posé des questions. Je lui racontais ce qui me parut intéressant à dire : mon travail, ma famille.

Quelques signes de lassitude se manifestant chez mon interlocuteur, j'abrégeai. Je ne sus rien de la maison aux volets blancs ce jour-là.

« Je crois que je vais rentrer, la fraîcheur tombe vite.

– Les journées de juin sont plus longues et plus chaudes, mais ne nous en plaignons pas.

– Si vous le voulez bien, nous bavarderons un autre jour plus longuement, et s'il vous plaît, vous viendrez chez moi, vous connaissez bien la maison ?

– Il y a longtemps que je n'y ai pas mis les pieds, chacun chez soi.

– J'aimerais que vous me racontiez un peu plus votre village, peut-être j'en ferai un roman.

– Vous faites des livres ?

– Rassurez-vous, ce n'est qu'un projet, un petit projet, tout simplement.

– Je vous parlerai de la belle maison un autre jour, c'est promis. »

Ses yeux brillaient dans le crépuscule frais. Avait-il une information à me donner, un passé à me dire ? L'acceptation de cette entrevue et la promesse d'une future, créa un certain embarras dans mes pensées.

« À la prochaine, lui dis-je, et merci encore.

– Passez une bonne nuit, à bientôt. »

Fraîche et douce, la nuit tomba doucement sur ce hameau de Monédière, comme des milliers d'autres fois, moment où le silence devient presque silence !

Une aube nouvelle offrit un nouveau jour, plein de soleil. Le tintement des clarines des troupeaux parqués aux alentours authentifiait les parages. La marche devenait nécessaire à mon corps, à mon esprit.

Rolland Bassepierre, trop occupé à bêcher son jardin, ne m'aperçut pas. Son chien me regardait, silencieux. Étonnant !

Chez les Garoche, c'était plus bruyant. Rires et cris d'enfants donnaient vie à ces lieux.

« Bonjour madame Garoche.

– Bonjour monsieur Orlan. Une seconde les enfants… Vous voyez, ils sont terribles avec leur jeu !

– J'aimerais avoir leur âge, courir avec eux…

Isabelle !

– Ils sont infatigables, et ce matin ils ont commencé bien trop tôt.

– Mamie, Mamie, c'est à mon tour, écris-moi un mot !

– Vous me fatiguez, c'est bien le dernier.

– C'est le jeu des mots, me dit l'un d'eux. Mamie écrit un mot secret à chacun et le premier qui le devine a gagné, tu as compris ?

– On ne dit pas tu à un monsieur, je te l'ai dit cent fois. Tiens, voilà ton mot et pour les deux autres aussi... excusez-les...

– Laissez faire, ça me rajeunit !

– Vous voulez voir mon mot ? me dit la petite Françoise.

– Montre-moi, je ne dirai rien...

– Tu sais, c'est Mamie qui écrit le mieux de toute la famille, regarde...

– C'est bien vrai, je ne saurais tracer des majuscules aussi belles, de vraies lettres de broderie, je vous félicite madame.

– Des fois, c'est tellement bizarre que j'ai du mal à les reconnaître, ajouta Valérie.

– Aujourd'hui, on ne leur apprend plus à écrire à l'école, avec toutes ces machines, les ordinateurs ; heureusement, ici il n'y a rien de tout cela ; quand ils ont un peu de temps, je leur parle de mon passé, mais ils disent que j'exagère, bien sûr.

– Oui, tu exagères toujours, Mamie. »

Et Mamie Garoche souriait, avec cette tendresse d'arrière-grand-mère qu'elle était.

« Je suis si heureuse de ces enfants, je passe ma vie à souhaiter les vacances. À soixante-dix ans je n'attends plus grand-chose maintenant…

– Ce n'est pas fini, vous avez Angèle !

– Je n'y crois plus guère… »

Et la conversation glissa une fois de plus sur la famille.

« Peut-être verrez-vous mes petits-enfants, les parents des petits. Ils sont à Toulouse ceux-là, avec une bonne situation dans l'aérospatiale ; l'autre petit-fils est à Paris, travaillant à la télévision. La terre va se perdre… Trimer pendant toute la vie… Ils s'arrangeront le moment venu, c'est ce qu'ils me disent pour me rassurer sans doute… »

Je devinais l'inquiétude de Mamie Garoche, voilà que je l'appelais Mamie moi aussi.

« Mais votre petit-fils André n'est pas encore marié ?

– Celui-là ne se mariera pas. Il a des copains, mais pas de filles. J'en suis bien malheureuse, surtout qu'il est très affectueux avec moi, si vous saviez…

– Rien n'est perdu croyez-moi… Je continue ma flânerie et vous dis à plus tard. »

Les enfants accaparèrent leur Mamie une fois de plus.

Isabelle !

Je longeais un champ de blé superbe. La paille et le grain terminaient leur maturité. La brise courbait les tiges qui bruissaient entre elles : océan modulé de vagues longues et brillantes, obéissant au maître invisible mais si présent.

Les immortels coquelicots en groupes désordonnés, quelques marguerites sauvages, et de minuscules pensées coloraient ces magnifiques moissons proches.

Les prairies jaunissaient ou verdissaient selon l'exposition. Sur les bottes de foin roulées, laissées sur place, des rapaces : éperviers, buses ou circaètes jean le blanc, trônaient en seigneurs des lieux qu'ils étaient, attendant qu'une couleuvre ou un mulot se hasardât à portée de vue.

Les ronces offraient fleurs, fruits et épines aux passants courageux. Le hameau devenait carte postale, à qui savait l'apprécier. La verdure, le ciel bleu, les pierres et les toits, mille petits bruits pour vernir cette toile incomparable.

Bientôt midi… À ma grande surprise, les volets blancs de la maison des Paledise… entrouverts. Tiens ! du nouveau. Allais-je connaître cette famille ? Plutôt qu'un raccourci, je pris le chemin le plus long qui m'obligeait à passer le plus près possible de cette maison. Dans l'entrebâillement des contrevents, j'aperçus les fenêtres ouvertes. Je ne pus tout de même trop insister. Je n'entendis aucun bruit, ne vis personne. Pas de voiture à proximité, bizarre…

Ma curiosité insatisfaite, le déjeuner du jour fut pris dans l'attente d'entrevoir une silhouette révélatrice. Rien ne se passa, rien, étonnant. Oui, je savais que je me mêlais de ce qui ne me regardait pas, mais je restais là, à attendre…

Nous nous retrouvâmes, Rolland Bassepierre et moi devant un verre, sous le châtaignier.

« Il y a quelqu'un dans la maison ? dis-je en hochant la tête.

– Pas que je sache.

– Les volets ?

– Angèle les ouvre, chaque semaine.

– Toute l'année ?

– Presque toute l'année oui ; elle assure l'entretien de l'ensemble, même du jardin. Quand la famille Paledise descend, ou leurs amis, ils trouvent une maison agréable, ne sentant pas le renfermé.

– Ils ont les moyens…

– L'argent ne manque pas, contrairement au début. Je sais des choses vous savez, je les connais… depuis le temps… »

L'expression de Rolland devenait mélancolique, son regard méditatif…

« En 1961, ces gens sont arrivés ici, ont acheté ce bout de terrain avec la maison, pour résidence secondaire. Ces parisiens, amis de M. Verligne l'instituteur, débordaient de projets… Personne ici n'aurait imaginé le travail qu'ils allaient entreprendre. Et l'été 62 vit toute la famille débarquer. »

À ce moment précis, Rolland Bassepierre s'interrompit, consomma une longue pause…

« Ça vous a changé le village ?

– J'avais dix-huit ans, Georges Paledise dix-neuf, et Isabelle dix-huit. Avec les trois Garoche du même âge ou presque, ça faisait de la jeunesse. »

Naviguant vers ses souvenirs, il retrouvait ses visages, ses sensations d'alors. Je découvrais un autre homme que « le jamais rasé ».

« Je vais vous raconter toute cette histoire, c'est la première fois que cela m'arrive… »

Ses mains trahissaient l'émotion ; puis avec un doux sourire :

« C'étaient des gens, comment dire, pas de notre monde, et nous, des paysans sales et crotteux de notre terre… M. et Mme Paledise ne voulaient pas que Georges, mais surtout qu'Isabelle fréquentassent la bande du village. De notre côté on n'aimait pas ces nouveaux qui semaient des fleurs partout. On se regardait de loin, la curiosité naturelle étant la plus forte. Un jour, Georges et Isabelle se promenaient tous deux dans la prairie d'en bas. Il advint à Isabelle un incident fâcheux. L'endroit était anormalement humide, et ces étrangers l'ignorant, ils ne se doutaient pas du piège pouvant les surprendre. Caché dans les fougères bordant le bois dominant le pré, je les observais. Ce qui devait arriver arriva : la fille mit le pied où il ne fallait pas, s'enfonça la jambe jusqu'au genou dans la boue noire. Son frère n'arrivait pas à la dégager. Je me précipitai alors à leur secours. Le malheur n'était pas bien grand...

– L'essentiel était de vous rencontrer n'est-ce pas ?

– Évidemment... Ainsi nous nous découvrions tous trois. Malgré ses remerciements, Georges demeurait distant. J'avoue que la situation était cocasse. Isabelle lavait sa jambe noircie de boue ; je lui récupérais sa chaussure restée au fond du piège, puis le fou rire s'empara de nous... Nous fîmes connaissance et j'en étais très heureux. Un bel avenir attendait ces deux étudiants. Quant à moi je me destinais à prendre la succession de mes parents, à la ferme familiale, je ne pouvais dire autre chose. M. Paledise, fonctionnaire à Paris, rattaché à un ministère m'impressionnait beaucoup... des gens bien !

– Quand on est jeune, l'image est vite faite !

– Mais il faut que je vous dise : Isabelle était très belle, si belle que je n'osais trop la regarder. Grande et mince, les cheveux longs et blonds. Sa peau pâle se pigmentait doucement, de jour en jour ; et dans ses yeux pers, un indéfinissable mystère me troublait profondément.

– Vous étiez trop timide monsieur Bassepierre.

– Jamais je n'avais vu fille si belle. Son frère me parlait, mais je l'entendais à peine. J'étais si maladroit, et cela se voyait. Elle dit en me quittant : "À très bientôt, merci encore", et me tendit la main.

Je savais qu'on se reverrait, il le fallait ; je voulais la revoir, oui, mais je me demandais bien ce que j'allais lui dire…

Puis nous rentrâmes chacun chez nous. Le lendemain serait sûrement merveilleux.

– Vous aviez dix-huit ans tous les deux ?

– Dix-huit ans oui, mais il y avait cependant une grande différence. Elle était de la ville, de Paris, et moi… comme je vous l'ai dit. À cette époque, en 1962, faut dire que je n'avais pas vu grand-chose.

– Tout nouveau, tout beau ?

– Non monsieur, Isabelle n'était pas comme les autres. Tous les jeunes alentours voulaient la connaître, mais son frère veillait bien sur elle, ce prétentieux…

Le lendemain, je la vis se promener dans le hameau. Vêtue d'un chemisier bleu et d'un pantalon corsaire qui lui couvrait mi-jambe. Les Garoche décochaient leurs plaisanteries, et moi je me cachais. Je la surpris dans la prairie où je l'avais vue la première fois. Mon cœur battait fort… »

Une courte pause et Rolland Bassepierre reprit son récit, dans un calme surprenant. Lui, « le jamais rasé » me racontait en détail ses premiers amours.

« “Bonjour mademoiselle.

– Bonjour, appelez-moi Isabelle, et si vous voulez bien, je vous dirai Rolland, d'accord ?

– Ce sera mieux ainsi. Mais vous êtes seule ?

– Mon frère viendra plus tard.

– Vous vous plaisez à Monédière ?

– J'aime tellement la nature ; ici nous sommes gâtés. Je me promènerais toute la journée…

– Je ne connais pas Paris… J'aimerais voir Montmartre, nous pourrions échanger…”

Nous parlions pour ne rien dire. J'étais maladroit, mais gentiment elle me mettait à l'aise. Ses études la passionnaient, la vie semblait lui aller si bien. Assis à quelques mètres l'un de l'autre, sa main nonchalamment caressait l'herbe. Elle se déchaussa. Mon cœur, lui, avait quelque problème. Son regard croisait le mien ; son sourire éclaboussait tout mon être ; la plus extraordinaire chance de ma vie… mais ne voulant ni ne pouvant la provoquer au risque de tout perdre, je restais là… comme… Puis son frère vint à nous. Nous partîmes plus loin, vers la forêt de chênes, bordée de noisetiers sauvages. Quelques girolles découvertes furent prétexte à des discussions fort longues sur les coins à champignons. La science de Georges faisait merveille, ma pratique le surprenait. Tout en marchant, l'épaule d'Isabelle frôla mon bras. Ce contact, je m'en souviens encore, suivi du regard échangé au même instant ; c'était doux et chaud...

– Vous étiez amoureux, monsieur Bassepierre.

– Ô oui j'étais amoureux, mais déjà inquiet. Isabelle, pour moi, c'était impossible, inespéré.

– Rien n'est impossible dans la vie, rien, surtout à dix-huit ans. »

Rolland Bassepierre, dans un geste ralenti, porta le verre à ses lèvres et but lentement sa bière, si doucement que ses yeux se perdirent quelque part vers des cheveux blonds, une peau douce et dorée, puis il ajouta :

« Que le temps a passé, que le temps a passé...

– L'histoire n'est pas finie ?

– Elle ne fait que commencer. Mais à partir de ce jour, je n'eus qu'une idée... je fus moqué, chahuté par les Garoche.

Je me souviens, un après-midi ils vinrent avec nous, Fernand, Pierre et Angèle. Nous étions tous les six. Fernand avait vingt-deux ans. Un sacré gaillard, avec sa main gauche amputée de deux phalanges à l'index, dont il se vantait, prétextant une force supérieure. Je compris vite son manège. Il entourait de ses bras les épaules d'Isabelle qui ne bronchait pas... Georges sympathisait avec lui. Je compris que ma place était perdue. La conversation ? je l'ai oubliée, mais lorsque Fernand l'a embrassée dans le cou, j'étais écroulé de chagrin. Isabelle, surprise, s'est dégagée. Elle s'est éloignée de lui, et j'ai vu dans le regard de Fernand une mauvaise chose.

"Tu es une vraie sauvage", lui a-t-il lancé à la figure, pendant que Pierre et Angèle riaient bêtement.

Cette promenade n'a pas duré bien longtemps. Pierre aussi reluquait Isabelle, et Angèle voulait toujours me donner la main, comme autrefois, quand nous étions petits. Au retour Isabelle était à côté de moi. Était-ce un signe ? Les autres se bousculaient, Angèle me tiraillait et moi je ne voyais que des yeux merveilleux, une main que j'aurais voulu prendre, un sourire qui semblait m'inviter pour un voyage… »

Rolland Bassepierre se livrait entièrement, m'offrant son jardin secret où s'entassaient des fleurs séchées mais toujours colorées, ses émotions, ses battements de cœur. Il continuait :

« Mes parents s'aperçurent de mon trouble.

"Reviens sur terre, me disait mon père, il y a du travail à la maison ; depuis que ces Parisiens sont là tu deviens paresseux… Cette fille, hein ?

– Laisse-le donc, dans quelques jours il part au régiment, faudra bien que nous fassions sans lui", reprenait ma pauvre mère.

Elle comprenait mieux la situation…

– Les mamans savent toujours plus.

– Grâce à elle, j'obtins plus de liberté les fins d'après-midi. M. Féracé, un journalier que nous prenions aux périodes de lourds travaux, assura plus de labeur. Peut-être en entendrez-vous parler, il était fort connu dans le pays, son surnom : Fer à cheval. Pourquoi ? je ne sais. Moitié vagabond, journalier, il était souvent chez nous. Lui vieillissant et moi devant partir, son installation chez nous devenait assurée pour quelque temps. Il fut mon confident. Souriant de ma timidité, il ne s'est jamais moqué de ma maladresse, sachant tout sur Isabelle et moi. Je l'appelais M. Auguste ; j'étais le seul d'ailleurs, ce surnom Fer à cheval ne me plaisait pas. Il le savait, me disait parfois en me tapant sur l'épaule : "Un fer à cheval, ça porte bonheur !"

– On le dit…

– Faut bien dire quelque chose ; il est bien mort quand même, comme tout le monde… Je l'aimais, M. Auguste…

Pour en revenir à l'été 1962, j'étais si heureux que partir pour l'armée ne me disait rien du tout, alors qu'un mois auparavant, ça ne me gênait pas. Je voyais Isabelle presque tous les jours. J'ai même appris à son frère comment pêcher la truite à la main : prétexte pour avoir Isabelle près de moi. Nous allions au ruisseau de Trousse-bois, pas très loin d'ici. Les Garoche nous lâchaient un peu, sauf Angèle qui courait toujours après moi. Son père lui disait :

“Tu vas voir ton amoureux ?”

Elle ne plaisait pas à Georges Paledise, l’intellectuel, et moi je la supportais. Dans l’eau claire du ruisseau, le sous-bois frais, pieds nus sur le sable et les pierres, Paledise était bon élève, courageux, enthousiaste. Trop heureux de quelques prises, il les photographiait pour ses collègues de Paris… Isabelle riait de ce manège, et moi, fier d’apprendre des “trucs” à un Parisien. De plus en plus belle pour moi, ne s’intéressant pas à la pêche, elle marchait dans l’eau, ou s’asseyait sur des pierres émergentes, prenant des poses de star qui lui allaient si bien. Je souhaitais qu’elle tombât pour l’aider à se relever en la serrant dans mes bras, mais elle ne tombait… jamais. Sportive, ses jambes mouillées ne tremblaient guère ; mais un soir cependant elle me tendit la main pour traverser le ruisseau, nous devions rentrer. Nos mains ne se lâchèrent point, dans un silence nouveau. Georges et Angèle marchaient devant et discutaient. Ne sachant quoi dire, j’attendais. Nos mains si bien ensemble retenaient le présent… L’avenir peut-être. Je crevais d’envie de l’embrasser, j’en avais mal au ventre.

– Et alors ?

– Devinez ? Angèle se retourna, nous vit ainsi, se dirigea vers moi et me prit l’autre main. Isabelle éclata de rire, me serra très fort, puis s’éloigna de moi tout en me tenant ; doucement nos mains se détachèrent mais ses yeux et son sourire me firent une promesse immense… Je jurais après Angèle, la bousculais tandis que Georges n'était pas dupe.

– Vous avez une mémoire prodigieuse Rolland Bassepierre !

– Tous les instants de ma vie passés près d'Isabelle, je ne peux les oublier, tous, vous savez, je m'en souviens, du premier au dernier, même si… »

Rolland Bassepierre d'un calme absolu étendait ses jambes, se calait dans sa chaise, observant son châtaignier, son compagnon.

« Vous me rendez curieux, je m'en excuse mais…

– Trois jours plus tard, je devais quitter Monédière pour l'armée. L'esprit torturé, ma tête avait de drôles de pensées ce soir-là. M. Auguste me souriait… Je m'endormis, je crois, les mains d'Isabelle dans les miennes.

Les deux jours suivants, je ne pus voir Isabelle. Deux voitures immatriculées dans la région parisienne stationnaient devant sa maison. Ma mère ne me lâchait pas prétextant les derniers jours où elle me voyait. Les événements d'Algérie ne la rassuraient pas. Je devais rejoindre Alger via Valence et Marseille.

– Je suis passé par là moi aussi, comme tant d'autres…

– Un certificat médical aurait pu retarder l'affaire de quelques jours, mais mon père s'y opposa. Il avait raison. Ma valise attendait, prête ; je n'emportais pas grand-chose, mais ma mère avait ajouté des provisions de route. Je tournais, je virais, ne tenant pas en place. Puis M. Auguste que j'avais rejoint à l'extérieur me glissa dans l'oreille : "Elle t'attend à 2 heures, au chemin des chevaux fous..." Ce fut comme un coup de fusil. Je ne lui demandais rien de plus, son clin d'œil me suffit. Il y a des moments divins dans la vie...

– Grâce à Fer à cheval ?

– Certainement, pour mon dernier jour, mon dernier après-midi...

À 14 heures à peine j'étais au chemin des chevaux fous, un chemin tortueux au possible, plein d'ornières, inutilisé aujourd'hui. Lorsque Isabelle apparut, mon cœur battait la chamade.

"Fer à cheval m'a passé ton message, je suis venue tu vois..."

Sacré M. Auguste ! Comment avait-il...

Elle m'a tendu la main que je n'ai pas lâchée. Nous avons marché, le tutoiement venu se plaisait bien entre nous.

Attentif, je ne posai pas de question.

Les minutes passaient, les mots, les phrases inutiles aussi. Elle était encore plus belle puisque seule avec moi, pour la première fois.

J'admirais sa taille si fine, ses jambes, ses bras, son cou, son front, ses cheveux... son regard si troublant quand il rencontrait le mien. Nous marchions quand soudain je l'arrêtai, faisant barrage avec mes bras. Je la mangeais du regard et, tendrement je la pris dans mes bras. Elle ne se défendit point, ne s'enfuit pas bien au contraire. Je l'embrassai pour la première fois, heureux, comblé comme au sortir d'une bataille, sans penser un instant que c'était moi le vaincu. Je ne peux vous dire monsieur Orlan ce que je ressentis ce jour-là, à ce moment précis ; ce fut l'indéfinissable. Elle me souriait, m'embrassait encore. Nous ne parlions plus. La douceur de ses baisers en demandait de nouveaux.

“Tu es si belle, trop belle !

– Te moque pas, Rolland...”

Je caressais ses mains, ses bras, son cou. En serrant sa taille, je sentis son corps frémir tout entier, doux, chaud, vivant. Ses cheveux désordonnés collaient à nos visages, tandis que ses yeux se fermaient docilement sous mes lèvres. Le vent nous a rappelé l'heure. Je la soulevai puis la portais dans mes bras, profitant au maximum de ce bonheur indicible, ce trésor inespéré pour moi, le fils de Pierre et Julia Bassepierre, moi le paysan. Je serrais dans mes bras Isabelle Paledise, l'inaccessible, l'intouchable...

– Vous étiez vraiment heureux.

– C'est vrai, j'étais fou de joie et de tristesse à la fois, car je devais partir le soir même. C'était ma première conquête, la plus belle qui fût.

Puis son dernier mot : le plus beau du monde, aussi vieux que lui, plein de promesses, plein de cet espoir qui fait tourner la terre. Je ne sus que répondre, et elle s'éloigna, légère comme un rêve, renouant les rubans de ses cheveux… »

Rolland Bassepierre se livrait dans des détails merveilleux, sans gêne ; il ouvrait le recueil de sa mémoire.

« Vous voyez cet arbre n'est-ce pas ? Ce châtaignier superbe, je l'ai planté ici le jour même. Dès qu'Isabelle eut disparu de mes yeux, je pris une pioche, une bêche et courus au chemin des chevaux fous. La châtaigneraie foisonnait d'arbrisseaux, il n'y avait qu'à choisir. Je pris celui qui plairait à Isabelle, avec des branches bien faites.

– Transplanter un arbre au mois d'août ? Vous avez de la chance qu'il ait poussé…

– Je conservais une motte de terre au maximum et avec mille précautions, la transportais jusqu'ici. M. Auguste m'aida. Je vous ai déjà dit que mes parents ne furent pas contents de l'endroit choisi. Ils cédèrent vu mon départ et ma détermination.

“Vous prendrez soin de lui, en pensant tous à moi.” Je profitais de cet argument de choc. Et puis M. Auguste savait… lui, que c'était pour Isabelle. Tant que l'arbre vivra…

Isabelle !

– Il vit toujours…

– Fin octobre il donnera de belles châtaignes, je vous en garderai, vous connaîtrez ainsi le goût de cette histoire. Vous paraissez l'aimer…

– Certainement, j'adore les vraies histoires, et celle-ci l'est, vécue ici, dans ces terres, ces chemins…

– Ce n'est pas un conte imaginaire, je peux vous dire qu'Isabelle est vivante, toujours aussi belle aujourd'hui. »

Sur cette affirmation, quelques phrases de politesse réciproques, nous nous séparâmes.

Ainsi Rolland et Isabelle… Les Bassepierre, les Paledise avaient une histoire, leur histoire !

Avant de m'endormir, je pensais à la phrase de Rolland : elle est toujours aussi belle aujourd'hui ! Et la nuit pesa plus que le jour…

III

Le secret de M. Auguste

QUELQUES MATINS PLUS LOIN, je retrouvai cet homme devenu mon ami. Dévoiler ainsi son cœur ne peut être fait qu'avec un sentiment d'amitié sincère, et de confiance.

Rolland Bassepierre passa rapidement sur les détails de son départ pour l'Algérie. Il quitta la terre de France avec en tête plein d'idées folles, et le cœur lourd de chagrin d'un homme amoureux.

Loin, si loin de chez lui, quand la nuit faisait mal à tout son être, il revenait à Monédière... dans la prairie des rencontres, au bord du ruisseau, ou vers les ornières du chemin des chevaux fous.

Fer à cheval lui avait raconté tant de fois cette histoire devenue légende : Dans la châtaigneraie de la Becque, il y a longtemps, tandis que le jour tombait, il se déroula cette étrange histoire. Revenant de la foire de Quorebrou, trois voyageurs rentraient au village, brinquebalés dans une carriole tirée par des chevaux. L'obscurité du crépuscule gênait l'avance de l'équipage attardé, quand surgirent les malandrins. Fouettés au sang par le conducteur épouvanté, ne pouvant négocier tous les virages dans les ornières du chemin tortueux, les bêtes s'emballèrent, affolées. Dans ce tumulte où les cris des passagers et les hurlements des agresseurs se mêlaient, la voiture se renversa. Le timon se rompit, les chevaux fous brisèrent les harnais, se cabrant avec des hennissements diaboliques venus du fond des âges. Les brigands prirent la fuite, poursuivis par les créatures en furie, s'écorchant et se blessant aux arbres. Au matin, dans le froid et le calme revenu, les trois passagers furent retrouvés transis, couverts de bosses ; le cocher, mort, gisait sous la voiture. Les arbres aux alentours étaient maculés de sang.

Personne ne retrouva les chevaux ni les fuyards, à l'exception d'un seul dont le crâne éclaté laissait deviner l'empreinte d'un sabot. On ne sut jamais son nom…

L'histoire du chemin des chevaux fous était née. Elle se dit encore quelquefois dans les chaumières, à la veillée, par un grand-père conteur… Rolland continuait :

« Je pouvais revivre à Monédière, savourer les détails que je n'appréciais pas sur place… »

Il marchait aussi dans ce petit sentier si étroit, au bout duquel une fontaine l'attendait. Bâtie de pierres, l'ensemble, recouvert d'un bloc de granit taillé en demi-lune, laissait s'écouler le trop plein d'une eau limpide et froide. Sa mémoire aussi se désaltérait pour retrouver Isabelle, un peu plus loin, toujours là où il la voulait.

N'ayant pu donner une adresse avant son départ, il s'ennuyait de ne recevoir de ses nouvelles. Les jours et les nuits étaient bien longs sous le soleil d'Afrique du Nord, dans ce ciel identique et pourtant si différent de celui de Monédière.

Cependant un matin ne fut pas comme les autres, un de ces matins pleins de lumière, de bonne humeur. Le soldat Bassepierre reçut une lettre de Paris, missive qu'il attendait et souhaitait en silence, en souffrance depuis le fond de ses tripes. Combien de fois l'a-t-il lue ? Il ne sait plus, ça n'a pas d'importance.

Fer à cheval avait fait le nécessaire pour communiquer l'adresse du militaire à Isabelle. La correspondance se terminait ainsi : « Je t'embrasse comme la dernière fois, je t'aime, je t'attends. »

Isabelle Paledise l'aimait, oui, elle le lui disait. Le plus important était écrit là, devant lui, pour lui, sur un papier beau comme le jour, tant attendu, souhaité, prié même. Là dans ses mains, il pressait contre son cœur le divin message. À travers l'écriture, il devinait son visage, son sourire, ses cheveux et ses yeux uniques, ses yeux pers.

« Ne riez pas monsieur, mais ce fut un autre des plus beaux jours de ma vie. J'ai toujours cette lettre savez-vous ! »

Je n'ajoutai rien, inutile... devant Rolland Bassepierre ému. J'admirais davantage sa sensibilité, son courage à me raconter jusqu'au fond de la vérité, ses sentiments peut-être si vivants encore.

En achetant des revues, je fis connaissance de Mauricette, à Saint-Tinsan. Dépositaire de journaux, couturière à l'occasion et bavarde comme il n'est pas permis de l'être… si, puisqu'elle l'était !

Dès le deuxième jour de ma présence à Monédière, elle savait que j'étais ici. Soixante-quinze ans environ, les cheveux blancs retenus dans un vilain chignon, le visage outrageusement garni de couperose et un corps trop gros ficelé dans un tablier sac, ou un sac tablier… je n'étais pas sûr ! Sa passion : accaparer le plus grand nombre de vacanciers possible pour les questionner ou leur raconter tous les potins. Une vraie commère !

« Vous êtes bien installés, à Monédière, monsieur Oralon ?

– Nous sommes très bien, oui.

– Je connais vous savez, j'y ai même travaillé quand j'étais jeune.

– C'est une coïncidence, vous étiez chez…

– J'ai travaillé chez Bassepierre, et quelque temps chez les Garoche. Plus tard j'ai pris ici la couture et les journaux. Malgré mon âge, je tiens toujours bon !

– Vous connaissez tous les gens d'ici et leurs histoires.

– D'ici et d'ailleurs, je pourrais faire un livre. J'ai connu tous les garçons ou presque, c'est pour ça que pas un ne m'a voulue... »

Elle disait cela dans un grand éclat de rire.

« Vous n'êtes pas malheureuse ?

– *Bou Diou* non, même si des fois l'ennui me gagne un peu, tout le monde se chamaille ici... je préfère ma place.

– À Monédière tout est bien calme.

– Tout est calme en apparence monsieur, mais rien n'est réglé. Tenez, le Rolland et cette pauvre Angèle, vous ne croyez pas qu'ils auraient pu s'arranger, ils avaient tout ce qu'ils voulaient. Seulement, à Mamie Garoche, ça ne lui plaisait pas, au père Bassepierre non plus. Et cette Parisienne en plein milieu, ça faisait trop de monde.

– Tout ça, c'est bien fini.

– Rien n'est fini. Je sais bien des choses... J'avais un ami chez Bassepierre, c'était plus qu'un ami, vous voyez... Fer à cheval, on l'appelait comme ça.

– J'ai entendu parler de lui.

– Nous étions jeunes tous les deux, plein d'insouciance, plein d'envies. Mais pour ce qui est de cette Parisienne, elle avait tourné la tête au Rolland. Ils se sont connus juste avant qu'il parte à l'armée et le pire, c'est qu'il l'aime encore !

– C'est tenace l'amour...

– Comme vous dites. Fer à cheval plaignait Rolland tellement il souffrait. Avant de partir au régiment, le pauvre a planté un arbre pour elle. Fer à cheval en a pris soin, l'arbre est toujours là, Rolland aussi, et le jardinier est parti s'occuper d'autres jardins, là-haut…

– Faut croire que ça n'a pas marché quelque part… Rolland aimait Isabelle.

– Elle était tellement belle, je n'ai jamais vu d'aussi beaux yeux de toute ma vie, elle a dû faire des envieux. On dit que ses parents l'ont mariée pour affaire de gros sous. Leur situation était en jeu, peut-être leur honneur même…

– En effet, c'était grave. Dites-moi, pourriez-vous me faire un ourlet sur un pantalon, vous me rendriez service ?

– Je n'en fais plus guère à cause de mes yeux, mais passez dans l'après-midi, je vous dépannerai et vous apprendrai la suite, monsieur Oralon.

– Entendu et merci. Ah !… je voulais vous dire, mon nom est Orlan, Julien Orlan.

– Excusez-moi, je préfère Orlan d'ailleurs, à bientôt. »

Plus tard, devant un café parfumé d'une goutte, j'écoutais le dévidoir d'informations de Mauricette. Cette grosse femme qui ne sentait pas bon, il faut bien le dire, savait presque tout sur tout le monde d'ici et même d'ailleurs, surtout ce qu'il ne fallait pas. Elle avait sa façon, sa manière de torturer les mots, les gens aussi. Ses paroles étaient d'évangile… à moi de démêler ! Ses souvenirs du temps passé chez Garoche avaient un piquant particulier. Je n'en conservais que le plausible.

Elle me conta Fer à cheval… une curiosité. D'où venait-il ? Un mystère. Il racontait de véritables romans et épopées fantastiques. L'écouter procurait plaisir quand le temps le permettait. Les Bassepierre l'embauchaient toutes les saisons, du printemps à l'automne. L'hiver, il disparaissait, puis revenait à la belle saison, avec le chant du coucou.

Un jour, il dit à Mauricette qu'il possédait un trésor.

« Tu ne sauras sûrement jamais ce que c'est, lui dit-il, mais si je le voulais, je pourrais m'acheter une ferme, du bétail et prendre domestique, et même une femme. »

Les yeux de Mauricette s'agrandissaient.

« Je voulais savoir, vous savez ce que c'est.

– Je vous comprends !

– J'ai regardé partout dans la pièce qui lui servait de chambre, fouillé dans les moindres recoins, du sol au plafond, rien… Je l'ai fait boire un jour, tout y est passé, et même moi ; dans les moments que vous pouvez imaginer il n'a toujours pas livré ce fameux secret. Je n'ai rien connu de pire. “Un jour tu sauras, peut-être”, ajoutait-il. Je l'ai nargué, quitté, repris mais rien n'y fit.

– Il est parti et vous ne savez…

– Non, je ne sais strictement rien. Je pense qu'il m'a raconté des histoires, un trésor ne se garde pas quand on est obligé de travailler pour vivre. Mais en même temps c'est peut-être vrai ! Quelqu'un peut l'avoir découvert à Monédière… Le Rolland et Angèle ne font rien ou presque, allez savoir… Je donnerais je-ne-sais-quoi pour connaître la vérité.

– Il y a combien de temps qu'il est mort, Fer à cheval ?

– Juste un mois avant le retour de Rolland. Un matin il ne s'est plus levé. Il avait le mal dans la poitrine. Quelques jours plus tard, il rendait l'âme chez Bassepierre. Un homme pas comme les autres celui-là… »

Elle marquait des pauses avec des « Eh oui… » et des gestes empreints de lassitude et de fatalité. Puis elle reprenait :

« Que je vous dise : nous nous sommes trouvés tous les deux chez les Garoche. C'était différent, avec beaucoup de travail. La mamie menait tout son monde, y compris le mari ! Lorsque Fer à cheval commençait une histoire, elle lui lançait : "Tu n'es pas chez Bassepierre ici, allez, au travail." Mais en cachette les enfants se régalaient des contes et partageaient bien des secrets ; il aimait les jeunes qui le lui rendaient bien. Mais là-bas, il ne s'est jamais vanté de son trésor, je l'aurais su. Angèle me disait ce que je voulais savoir…

– Parlez-moi d'Angèle.

– Celle-là : une têtue ! Combien de fois elle aurait pu trouver un mari ! Ce n'était jamais le bon. C'est pas mes affaires mais quand même, voir ces deux célibataires…

– Il y a des situations plus surprenantes !

– Angèle voulait Rolland, elle me l'a dit bien souvent, mais la Parisienne lui avait tourné la tête à celui-là.

– Mais depuis le temps…

– Depuis toujours monsieur, dès le premier jour où elle mit le pied ici, c'est comme ça. Mlle Paledise lui a pris sa vie. Vous l'avez vu Rolland ? Il vit en ermite, ne fait plus rien ou presque. Il attend, il attend… c'est une catastrophe. Seulement l'Isabelle n'est pas restée mademoiselle, c'est devenu madame… je ne sais plus comment maintenant, et puis re-mademoiselle…

– Pourquoi attend-il toujours, vous qui savez tout ?

– Là je ne sais plus, c'est une histoire de fou. Il paraît que ce fut un mariage arrangé pour une situation délicate, une affaire de gros sous.

– Et Angèle ?

– Elle attend aussi ; voyez-vous, c'est fou ce que l'on peut attendre ici. À mon avis le temps des mariages est fini. Angèle l'aurait pris, avant. Pensez donc, deux fermes réunies ou presque, c'était très intéressant. Je me souviens quand M. Garoche disait à sa fille : “Alors tu me le présentes quand ce

Rolland ?" et la mère poursuivait : "C'est pas un mari pour toi, il est paresseux, et ceci et cela. Il préfère l'Isabelle, tu trouveras bien mieux, tu as le temps."

Elle n'a jamais aidé sa fille dans ce sens-là. Pourtant je peux vous dire qu'elle le mangeait des yeux ce petit voisin. Peut-être qu'aujourd'hui, s'il s'arrangeait un peu, elle le prendrait encore. Ce ne serait pas pareil, mais moi, je ne sais pas pourquoi, je serais contente…

Elle souriait en joignant ses deux mains grasses et plissait ses yeux pleins de malice.

– Pour en revenir aux Paledise, ils ne viennent plus ?

– Depuis toutes ces histoires, non. Cela fait trois ou quatre ans qu'on n'a vu personne, même pas Isabelle qui venait de temps en temps autrefois, même seule.

– Merci pour ma retouche madame Mauricette, combien vous dois-je ?

– D'abord ce n'est pas madame, c'est Mauricette comme tout le monde, et pour le travail promettez-moi de venir me voir tous les jours pour les journaux, vous au moins, vous m'êtes sympathique, monsieur Julien Orlan !

– Alors à bientôt et merci encore… »

Ouf ! J'avais besoin de prendre l'air ; étouffante l'arrière-boutique, manque d'air… Elle ne doit pas aérer tous les jours, et par-dessus tout ça, une crasse vieille d'un siècle !

J'avais appris bien des choses sur les habitants de Monédière, mariages ratés, un trésor, Isabelle devenue madame et puis…

Je retournai au hameau de mon séjour ; contournant la maison aux volets blancs, je l'observais curieusement, lorsqu'une voix m'interpella :

« Elle vous plaît cette maison, n'est-ce pas ?

– Pour ne rien vous cacher, elle me conviendrait tout à fait, sans connaître l'intérieur.

– Mon petit-fils André, le fils de Pierre voudrait l'acheter.

– Serait-elle à vendre ?

– Non, mais André a quelques arguments pour convaincre l'Isabelle, son oncle Fernand l'aide dans sa démarche, il la connaissait bien du temps de leur jeunesse.

– Ça reviendrait tout naturellement aux Garoche, comme autrefois !

– Ce serait la propriété d'André, pas celle de ses frères et de sa sœur. Mais l'affaire est difficile, la propriétaire n'a pas besoin d'argent, elle ne vient même plus ici. Des amis viennent à sa place, font la fête, et Angèle assure le ménage. Elle ne le fait pas pour rien, c'est vrai…

– Si elle y trouve son compte…

– Certainement, mais depuis que les Paledise sont ici, il s'est passé tant de choses, et tant qu'ils resteront, nous n'aurons pas fini !

– J'ai entendu dire que Rolland Bassepierre et Isabelle…

– Tellement de ragots ont circulé sur ces deux-là. Je vais vous dire ce qui s'est passé, vous l'apprendriez de toute façon : Rolland, le pauvre, pensait se marier avec l'Isabelle, après son service militaire. Mais le destin en avait décidé autrement, tel un serpent sournois s'introduisant dans la vie des autres. La famille Paledise était très liée à leurs amis, du nom de Villelong, qui sont venus depuis ici ; ce n'était rien de bon, je peux le dire. Leur fils Jacques était amoureux d'Isabelle et voulait l'épouser ; celle-ci ne céda pas. Les Villelong, fortunés, possédaient une chaîne d'hôtels très modernes, paraît-il. Mais des malversations apparurent dans leur comptabilité ; ils furent au bord du scandale financier. M. Paledise intervint alors en haut lieu pour stopper l'affaire ; il avait, comme on dit, le bras long auprès d'un secrétaire d'État !

– Ce fut une situation critique.

– Et le Jacques, bien informé, insista auprès des Paledise, pour relancer le mariage avec Isabelle, les menaçant de tout révéler à la presse…

– Du chantage !

– Oui, c'est un goujat celui-là qui n'hésiterait pas à faire scandale envers les siens. Il savait que M. Paledise était ambitieux. Ses arguments tombèrent juste ! Le mariage éviterait les rumeurs, et le beau-père grimperait dans la hiérarchie du ministère.

– Le droit d'Isabelle ?

– Elle subit la pression de ses parents qui avaient de leur côté son frère Georges. Voilà ce que je sais de cette famille, mais voyez-vous, ça ne leur a pas porté bonheur... puisqu'ils ont divorcé peu de temps après.

– Tout se trame à Paris et tout se sait ici, comment faites-vous...

– C'est une question à laquelle je ne répondrai pas. »

Et sur ces derniers mots, nous nous séparâmes, Mamie Garoche et moi...

Rolland Bassepierre passait devant notre maison, lentement, les mains derrière le dos, tel un vieux paysan.

Je l'accostai dans sa tristesse ; cet homme me plaisait dans son allure, sans prétention, sans ambition apparente. Au fil de nos rencontres, j'avais découvert un homme découragé, déçu, mais un homme droit, sensible, attachant.

Près de la cheminée sans feu, nous replongeâmes dans le passé. Un vieux fusil accroché au mur nous ramena involontairement à l'époque de son service militaire.

« Une seule et unique permission pendant un an et demi de service, une seule et, de plus, au mois de février. Je me souviens, il y avait de la neige et mon père était malade. Malgré mon espoir de me rendre à Paris pour rencontrer Isabelle, je dus y renoncer. Trois semaines... à attendre pour rien dans un hiver pas comme les autres, blanc de neige et d'absence. Durant ces longs jours sans saveur, mon ami M. Auguste me confia un secret :

"Tu sais combien je t'aime Rolland ; dans quelques jours tu repartiras. Il est temps que je te dise, que je te confie un secret... mon trésor !

– Monsieur Auguste, c'est encore un récit imaginaire comme tant d'autres. Mais il faut vous dire que je les aime, et peut-être un jour je les raconterai à mon tour à mes enfants ou petits-enfants. Ils frémiront, serrant les mains, les yeux écarquillés, peut-être pleureront-ils...

– C'est autre chose aujourd'hui, cela te concerne, toi et Isabelle. Le jour de votre mariage, un cadeau vous attendra et ce sera le mien... le trésor que je possède !

– Vous viendrez avec nous ce jour-là, vous nous l'offrirez vous-même.

– Au cas où je ne sois plus là, on ne sait jamais, vous irez dans la grange du haut. À l'intérieur, sur le côté ouest, à cinquante centimètres du sol, vous chercherez trois pierres sur lesquelles est gravé un fer à cheval. Derrière celle du centre vous attend mon cadeau, le trésor !

– Un vrai trésor ?

– Oui... Je l'ai conservé jusqu'à ce jour et toi seul connais désormais l'endroit de la cachette. J'aurais pu m'en servir, le gaspiller même. Le jour où je l'ai gagné j'étais fier, car ce jour-là j'avais sauvé un homme de la noyade, et sauver un homme vois-tu, demeure la plus belle chance de ta vie. Tu es à l'armée, peut-être ne peux-tu me comprendre, mais tu y penseras plus tard…

– Racontez-moi, monsieur Auguste.

– Je me promenais sur les bords de l'Allier, près de Moulins, et nous étions en mars. Que faisais-je là-bas ? Je ne m'en souviens pas, mais je me rappelle qu'il faisait froid et qu'il était 16 heures. J'observais un groupe de personnes joyeuses, sortant d'un restaurant. Ils riaient, s'amusaient, parlant fort tantôt dans leur langue, tantôt dans la nôtre, se photographiant les uns les autres au bord de l'eau. J'entendis soudain des cris terribles… et compris la situation. J'accourus et vis un corps se débattant dans l'eau glacée, que le courant emportait déjà. Moi qui savais à peine nager, j'ôtai ma veste, mes chaussures et me jetai au secours du malheureux, sans réfléchir…

– Sans réfléchir ?

– Oui, il valait mieux… car je n'aurais pas sauté. Et voilà que tant bien que mal je rejoignis l'enfant. Il s'agrippa désespérément à moi, si fort que pendant un moment, j'entrevis la mort pour nous deux… Après des efforts surhumains, à l'extrême limite de mes forces, je parvins enfin à l'exploit. Nous étions tous deux cramponnés, tirés, extirpés des eaux traîtresses de l'Allier.

– Vous êtes un héros !

– Moi qui ne savais pas… j'ai pratiqué le bouche-à-bouche à cet enfant et le miracle s'est accompli. J'étais tellement heureux que j'ai pleuré quand ils m'ont embrassé ; tout le monde pleurait… En France, tout simplement pour le plaisir, ces Américains avaient participé au débarquement en Normandie. "Vous avez sauvé notre fils ! Vous avez sauvé notre fils ! jamais nous ne vous remercierons assez. Venez avec nous."

Nous allâmes tous à leur hôtel, accompagnés de leurs amis. Le médecin arriva, constata, et dit qu'il n'y avait rien à faire de plus et me félicita lui aussi.

"Vous êtes formidable, monsieur Auguste !"

Requinqué, réchauffé, habillé de neuf, c'est moi qui les remerciais. Je fus invité à passer la nuit à leur hôtel et le lendemain, avant mon départ, M. Stephen Kimbell me dit : "Vous avez sauvé mon fils Rutherford, je ne vous oublierai jamais. Voici un petit cadeau, il y a vingt-quatre pièces d'or, mon enfant a douze ans… D'autre part, donnez-moi vos coordonnées car ceci ne suffit pas à notre gratitude. Vous verrez, nous serons généreux."

– Avez-vous eu des nouvelles ?

– Oui, une lettre d'Amérique, je me souviens de la tête que faisait le facteur, quand je l'ai reçue à Monédière…

– Peut-on savoir ?

– “Vous pouvez vous acheter une ferme, me disait-il, la Morgan Kimbell Compagnie assurera le financement en totalité ?” Je crois qu'il exagérait ! “Voilà mon secret, à l'abri où tu sais, et tout est pour toi et Isabelle !” »

Ainsi ce trésor attendait, muré dans le silence de Monédière.

« Monsieur Bassepierre, vous n'avez jamais eu envie de voir au juste ce trésor ?

– Non, comme M. Auguste n'y a pas touché, que je ne suis pas marié avec Isabelle, il restera là où il est. Pourtant, si une personne devait en hériter, c'est Isabelle. J'ai tout imaginé... j'en reviens toujours à la même conclusion, au même point, au même nom : Isabelle ! Elle m'a donné tant de bonheur, tant d'espoir. Nous avons été heureux tous les deux, peut-être trop sans doute... Je ne suis pas ambitieux d'autre chose, je manque de projets, je marche sur un pied. Souvenez-vous qu'un jour je lui avais dit : “J'aimerais voir Montmartre...”

– Je me souviens.”

– Plus tard, nous sommes allés là-haut sur la butte, avons marché parmi la foule des promeneurs et des curieux, des peintres et des artistes, plus heureux que les plus amoureux, avec Paris à nos pieds qui nous ignorait, anonymes et fous que nous étions. Parfois je me souviens de tous les espoirs... Ma ferme est à l'abandon ou presque, que peut-il m'arriver maintenant ? »

Et au bout d'un long silence que je rompis :

« Si par hasard vous trouviez une compagne qui vous aime, vous redonnant goût à la vie, au travail ? Vous avez une propriété qui ne demande qu'à vivre, être cultivée, devenir prospère avec un patron digne de ce nom. Vous n'avez que quarante-huit ans nom de Dieu ! Il est temps de vous réveiller, de voir le soleil, la vie ne s'est pas arrêtée là. Et vos parents, que penseraient-ils, s'ils vous voyaient croupir dans un passé que nul ne peut refaire. Vous êtes un passéiste se complaisant dans les souvenirs qui vous font du mal. Avancez ! Pardonnez mon emballement, mais nous avons le même âge, je vous considère comme un ami. Fer à cheval n'a jamais touché à son capital vous me l'avez dit, et vous, vous dilapidez inconsciemment l'héritage des Bassepierre ?

– La vie m'a cloué ici, l'horizon a fait son cercle bien étroit autour de moi. Monsieur Auguste disparut un mois avant mon retour de l'armée. Il a murmuré deux mots, simplement : Rolland, Isabelle, ce furent ses derniers. Je n'ai qu'un neveu agriculteur lui aussi, à la Galassière, à soixante kilomètres, on ne se voit presque jamais... »

Rolland Bassepierre, pétrifié dans son passé, pensif, réfléchissait. J'aurais aimé le décrocher, le dessouder du temps vécu. Pas facile ! Je m'octroyais un rôle surprenant, imprévu. Pourquoi ? Cet homme en détresse morale et physique, je voulais le sortir du trou de sa tête. Il me dit :

« Vous me faites bien réfléchir… j'aurais dû vous rencontrer plus tôt.

– Il n'est jamais trop tard pour le réveil !

– Mais vous ne savez pas comment ça s'est passé pour Isabelle et moi : les discussions avec mes parents, les voyages à Paris, les menaces et tout le reste ; elle s'est mariée, pour son père et pour…

– Je ne veux plus rien savoir sur cette histoire, ne m'en parlez plus, finie, oubliée, rangée au placard !

– Vous êtes dur.

– Qu'allez-vous faire demain ?

– Demain, pourquoi demain ?

– Parce que demain sera un jour nouveau ; le soleil sera différent, le ciel aussi ; alors mettez-le dans votre maison, dans votre cœur, dans votre tête ! »

Je vis ce jour-là un sourire neuf sur son visage surpris. À vrai dire, je l'avais bousculé, cogné ; c'était le seul moyen pour réveiller cet homme prisonnier de ses souvenirs.

« Dure à admettre, la vérité, mais vous avez certainement raison… »

Sa poignée de main fut vigoureuse, inhabituelle. Le lendemain matin, dans le nouvel éclat du soleil, manches retroussées, Rolland Bassepierre s'affairait devant sa maison.

Dans ce fouillis accumulé depuis des lustres, vivaient bestioles et vermines. Notre homme mettait de l'ordre, coupait, jetait, pilait, triait, balayait ! La brouette suait, lui aussi... Petit à petit le soleil léchait cette terre nouvelle ; l'espace renaissait, l'ordre revenait.

Je l'observais de ma fenêtre. Mamie Garoche s'approcha de lui ; ils conversaient en faisant de grands gestes. En fin de matinée, le tracteur des Garoche emporta une remorque lourdement chargée. Angèle et sa mère suivaient les opérations. Je ne voyais jamais Angèle, que rarement, je la devinais parfois... l'Arlésienne !

Les Garoche du matin au soir au labeur, les femmes aux champs, aux jardins ; seuls les enfants pigmentaient de leurs cris, leurs rires ou leurs chamailleries les espaces du jour. Les géraniums généreusement bouturés coloraient amplement toutes les fenêtres, les entrées, les bordures. Des rosiers grimpaient aux arbres, offrant des fleurs rouges et roses aux fruitiers. Les abeilles, les guêpes vivaient leur liberté, et les pierres des murs, témoins immobiles et muets, s'accommodaient des nuits comme des jours.

Rolland Bassepierre me fit un large sourire, très occupé à rendre belle sa maison.

Lui aussi s'était mis au travail !

IV

Sous les lampions qui dansaient

La fête patronale se préparait pour le dimanche suivant. La commune de Saint-Tinsan assurerait comme tous les ans les diverses manifestations, avec l'aide du comité des fêtes.

La tradition se perpétuait. Quelques manèges s'installèrent sur la place du village, près de l'église. Rien ne gênait l'énorme tilleul qui en avait vu bien d'autres. Les guirlandes multicolores décoraient la rue principale. Une fièvre s'emparait de la jeunesse. La musique envahissait les têtes et dimanche arriva...

Pavoisé de couleurs, de bruit, de foule nonchalante, Saint-Tinsan vivait son jour de fête ; ça et là, des genévriers piqués de guirlandes, de fleurs de papiers multicolores. Les filles du village, toujours belles, proposaient contre quelques francs, des enveloppes surprises, garantissant un cadeau à tout acheteur, fut-il de pacotille. Plus loin, concours de pétanque, de jeux de quilles, tir aux pigeons d'argile, courses aux ânes, etc.

La sono crachait sa musique, ses messages. Dans cette foule d'été, tout le voisinage se rencontrait. Retrouvailles, bises, éclats de rire, jeunes et moins jeunes. Les buvettes faisaient recette, des amourettes naissaient, d'autres se défaisaient…

Même les vieux appuyés aux portillons, accoudés à leurs fenêtres ou devant leurs portes vivaient à ce rythme assourdissant. Je marchais dans cette cohue en quête de je-ne-sais-quoi. Il faisait chaud, il faisait soif ! Je souriais pour rendre des politesses. Donnais mon avis au jeu de boules, et pris part hardiment au concours de quilles… un désastre ! Mais l'important était de participer.

Là, une fille pleurait, ici une autre riait, ces deux-là n'arrêtaient pas de s'embrasser ; plus loin une dispute de vieux : « Rentre à la maison, tu as assez bu pour toute la semaine, tu me fais honte ! » Le pittoresque s'engloutissait sous le soleil, dans un brouhaha permanent.

Je traînais mes pas vers un café, lorsque je vis soudain Rolland Bassepierre. Oui, c'était bien lui. Il s'était fait beau l'homme ! Rasé, chemise blanche, cravate bordeaux et pantalon marine ; méconnaissable !

« Oh ! lui dis-je, vous êtes si beau que j'ai failli ne pas vous reconnaître.

– Une ou deux fois par an, mais toujours pour la fête ! »

Sans autre manière, nous consommâmes quelques rafraîchissements. On le chahutait volontiers…

« Viens-tu ce soir au bal ? » ou « Toujours célibataire ? »

Bassepierre souriait, le temps passait, le visage des enfants était rouge. Les manèges tournaient, et le Christ sur sa croix, laissait venir…

« Viendrez-vous au feu d'artifice ?

– J'aime bien oui, je serai là.

– Vous verrez la retraite aux flambeaux juste avant pour les jeunes, et puis le bal pour tout le monde.

– Pour le reste, nous verrons ce soir ! »

Comme je quittai Rolland Bassepierre, je vis Angèle Garoche prendre ma place à la table du café, mince, bien coiffée et très élégante. Ce n'était pas une rencontre due au hasard. Tandis que je m'éloignais au milieu d'une foule indescriptible, j'eus une pensée pour la merveilleuse inconnue qu'était Isabelle… l'irremplaçable.

Mon regard se tourna une dernière fois vers eux. C'est vrai qu'ils riaient ensemble, de bon cœur, mais ils se connaissaient depuis si longtemps. Quelle fâcheuse manie avais-je de créer du mystère… Ayant marqué de ma présence cette importante manifestation, comme il se devait, je retournais à Monédière, apprécier le calme des jardins et des arbres.

Rolland Bassepierre changeait-il enfin ? Dans sa maison méconnaissable, l'ordre régnait. Au pied du vieux mur, même les orties avaient disparu...

Mes pas me conduisirent vers le sentier allant vers la fontaine. Au loin de la fête... Ici, le calme, la douceur, la paix.

Je me rendis près de la source, pris l'eau dans le creux de mes mains, et bus à même la peau la fraîcheur et la vie. J'avais presque tout oublié, tellement plongé dans ce qui n'était encore que douces vacances...

Je mouillai mon visage de cette eau pure et froide et respirai profondément. C'était bon !

Le soir venu, la foule décidément inlassable me trimbalait avec elle. La musique cernait le territoire du village. Il faisait si bon ! Je me souvenais qu'un jour, moi aussi, j'avais eu ma jeunesse, comme ceux-là, près de nous qui s'embrassaient éperdument, seuls au monde. La procession drainait des centaines de flambeaux, la fête battait son plein. Ma femme et moi suivions le mouvement. Les lampions se balançaient au bout des bâtons tenus par des enfants, « chenilles fluorescentes cherchant à se fixer sur d'invisibles ramures ».

Mauricette, qui ne manquait rien me dit discrètement :

« Il y aura du nouveau d'ici peu, amusez-vous bien ! »

Même dans la foule, je devinais son odeur, pouah… Les fils Garoche déambulaient parmi la foule. Je reconnaissais des visages dans les bouts de lumière. À la sono : « Le feu d'artifice aura lieu à 22 heures, face aux écoles. »

À une dizaine de pas, je vis la surprise de la soirée, et quelle surprise ! Rolland Bassepierre et Angèle Garoche main dans la main…

Je pensais alors à Mauricette, aux mots qu'elle m'avait glissés à l'oreille, discrètement.

Rolland Bassepierre m'aperçut et vint seul vers moi :

« Ça va beaucoup mieux, comme vous pouvez voir, je vais vous présenter, venez. »

Je voyais Angèle de près pour la première fois. Je la trouvais jolie, très souriante, moulée dans une robe couleur de ciel, avantageant ses formes généreuses.

« Nous sommes voisins et nous ne nous connaissons pas, dit-elle.

– C'est vrai, repris-je, mais Rolland m'a beaucoup parlé de vous. »

J'exagérais. Puis nous parlâmes pendant quelques minutes de banalités…

« Nous prendrons un pot après le tir du feu d'artifice ?

– D'accord », promis-je.

Nous nous rendîmes sur les lieux du spectacle, où déjà la foule se pressait, bousculés par des groupes d'enfants heureux et libres, profitant d'une permission tardive exceptionnelle. Mille couleurs prenaient le ciel, les fusées jaillissaient dans l'espace, les fontaines d'or et d'argent coulaient abondamment. Des pieds inconnus écrasaient les miens, des gens se perdaient, s'appelaient, commentaient. Ce fut un beau feu, comme on dit quand le bouquet final s'étiole et se meurt.

Plus loin, les marchands de glaces, de barbe à papa, et de pétards faisaient leurs affaires, le café aussi. Quant aux amoureux, je leur faisais confiance…

Ce morceau de terre vivait sa fête annuelle dans la joie, ses habitudes, ses excès et ses larmes d'enfants. La foule revenait vers la place où le chapiteau de danse les attendait. Le bal, commencé depuis longtemps, s'engourdissait dans des slows langoureux, sous les indispensables lumières tamisées.

C'était plein à craquer ; nous décidâmes de ne point y entrer, non sans avoir jeté un regard curieux à l'intérieur. Je savais ce que je cherchais, et je découvris le couple que j'espérais. Rolland et Angèle ne pensaient pas au feu d'artifice, point d'équivoque…

Rolland avait lâché prise sur le passé, enfin ! L'homme mal rasé que j'avais connu avait disparu.

Nous nous promenâmes encore et nous rentrâmes chez nous. Nous vîmes de la lumière chez Mamie Garoche.

« Elle attendra sûrement longtemps... »

Et le marchand de sable chez nous ne tarda pas.

Ce mois d'août 92 me surprenait par ses événements de tous ordres ; le dernier en date était le putsch de Moscou. Un ouragan de liberté souleva les Républiques asservies, le parti fut dissous. Le monde entier regarda vers l'est.

Pendant les jours qui suivirent la fête de Saint-Tinsan se déroula un chamboulement complet chez mon voisin. Rolland Bassepierre travaillait du matin au soir. Il se rasait, il sifflait ; facile de comprendre... Angèle se rendait souvent chez Rolland. Celui-ci m'interpella :

« Entrez un instant. »

J'entrai chez Rolland Bassepierre pour la première fois. Ce qui me surprit le plus : le grand bouquet de fleurs sur la table de ferme, au milieu de la pièce. La présence d'une femme ne passait pas inconnue, dans cet intérieur modeste mais impeccable.

« Mon cher voisin, nous allons trinquer. J'ai réussi mon putsch sur le passé, fini, oublié ! La vie va recommencer.

– J'ai bien vu ces jours-ci vos grandes manœuvres ; le conservatisme recule !

– Vous en êtes un peu l'instigateur et tant mieux. Aussi je vous informe qu'il va y avoir noce au village.

– Vous allez...

– Oui, Angèle et moi nous allons... nous avons décidé de nous marier ; le temps de publier les bans, et dans l'intimité...

– Je vous félicite sincèrement. »

À cet instant Angèle entra.

« Excusez-moi...

– Entre, au contraire, nous parlions de notre avenir justement. »

Il y avait tant d'espérance dans le cœur de ces deux-là. L'exploitation devait revivre, resurgir de cette jachère où le temps et les événements les avaient laissés dormir.

Ils m'ouvraient à leur avenir. Rolland se montrait doux et tendre avec Angèle. Non, ils n'avaient pas vingt ans ces amoureux-là, mais je crois que pires ils étaient...

M'adressant à Angèle :

« Votre maman doit être heureuse ?

– Elle s'est trop habituée à moi, aussi elle ne veut pas en parler. Nous n'avons pas besoin de son autorisation, dit-elle dans un éclat de rire... Voulez-vous être le témoin de Rolland ?

– Comment puis-je vous le refuser ? »

Le passé se gommait en phrases nouvelles, pleines d'espoir, pleines de vie.

Rolland Bassepierre tournait la page. Lui, le passionné, le tendre, le fidèle ! Dans le fond de lui-même, un morceau de miroir garderait sûrement un immense regret, celui qui l'avait empêché de vivre.

Soudain j'eus l'impression que c'était moi le coupable... J'étais heureux de son bonheur présent certes, mais si Isabelle revenait, oui, si elle revenait...

Saint-Tinsan remettait de l'ordre dans ses ruelles. Les guirlandes furent retirées, puis la sono, le parquet salon. Les enfants jouaient, les balayeurs balayaient.

« Alors Mauricette, ce fut une belle fête ?

– Avec le soleil en plus, que peut-on espérer de mieux ?

– Que nous soyons tous là pour la prochaine.

– Oui, ce serait déjà pas si mal. Voilà votre journal, et puis prenez ceci, ça vous intéressera... »

Elle me tendit une revue de mode féminine, et, répondant à mes yeux interrogateurs :

« Page quatorze. »

J'ouvris le mensuel à la page dite.

« Vous ne connaissez pas ? Page de gauche ? »

J'avais beau chercher... Cette femme ô combien belle n'éveillait en moi aucun nom.

« C'est l'Isabelle du Rolland ! »

Je tombais des nues. Isabelle Paledise, directrice de maison de couture, et quelle maison, présentait les modèles de sa nouvelle collection.

Je ne voyais que ses yeux, me souvenant de la description de Rolland : « des yeux qu'on ne peut oublier ». Comme il avait raison...

« Quand on a aimé une femme comme ça... Comment voulez-vous...

– Et pourtant tout va changer maintenant.

– J'ai appris la nouvelle, tout va vite chez nous. Je suis bien heureuse tout de même. Faut pas lui montrer la revue, pas en ce moment. Il sait bien ce qu'elle fait, mais...

– Je comprends, je comprends. »

Quelle surprise ! Elle avait fait du chemin la jeune Isabelle, la Parisienne parachutée à Monédière. Mauricette m'apprit certains détails sur sa vie, l'ex-madame de... quelque chose, disait-elle. Le fameux scandale étouffé, le divorce fut prononcé, provoquant bien des querelles chez les Paledise et certaines ruptures. M. Paledise céda la maison de Monédière, pour bons services rendus, à Isabelle. Il gravit quelque échelon de plus au ministère...

« Pourquoi, à ce moment précis, Isabelle et Rolland...

– Mais monsieur, ces deux-là... un poème ! Ce garçon montait à Paris pas mal de fois, même trop de jours au regard de ses parents. Il ne voulait pas comprendre, ne pouvant admettre bien entendu la magouille, oui c'est tout à fait ça. Nous autres ici, ça nous est défendu, ou presque. Mais Rolland n'a jamais renoncé à Isabelle ; j'aurais fait comme lui, si le bon Dieu m'avait faite homme. Vous voyez cette photo, monsieur, si elle se présentait à vous, vous seriez émerveillé, aujourd'hui encore. Je l'ai haïe, détestée à cause de tout ça, mais tout au fond de mes pensées se trouve un petit pardon...

– Tiens !

– Un petit pardon parce qu'Isabelle n'a jamais dit à ce bourru de Rolland qu'elle ne l'aimait plus ; ce sont les circonstances, et ça compte beaucoup dans une vie, même si cela la bouleverse !

– Et Rolland ? En ce moment ?

– Rolland a dû provoquer une révolution dans sa tête, il s'est passé des choses. Un jour il m'a dit ceci : "Mauricette, si un jour Isabelle ne m'aime plus, je te le dirai." Il n'a jamais oublié ce petit secret entre nous. De temps en temps, lors de nos rares rencontres, avec un clin d'œil complice j'entends : "Il n'y a rien de changé !" Ça me fait de la peine. Maintenant, je suis comme vous, j'attends les événements. Que la vie est bizarre...

– Avec le temps tout s'use, les serments, les promesses ! »

Je partis, mes journaux sous le bras. J'ouvris de nouveau la revue, curieux et impatient. La maison de haute couture Chantal Worllège, dirigée par Isabelle !

Autant dire la distance terre lune séparant deux êtres. Sous les feux de l'actualité des présentations de collections à Paris, comment pouvait-elle penser à Monédière ? Six pages consacrées à son œuvre, images de beauté, de rêves ; créations recherchées, très féminines, où se mêlaient la souplesse des matières, l'harmonie des teintes douces et enivrantes. Tenues de ville, de soirée et pour terminer : une robe de mariée ! Perles, dentelles et broderies venues d'un ailleurs : le top niveau de Chantal Worllège, créé par l'épingle d'or de la maison : Isabelle !

Quelle réussite. Parcourant les articles concernant la collection, je découvris le nom des différents modèles présentés : Promesse, Lettre, Bagatelle... et pour la merveilleuse robe : MONÉDIÈRE !

Je dois avouer qu'à cet instant, une sensation terrible me prit à la gorge. Qu'importe pour les autres, mais pour les quelques-uns qui connaissaient ce hameau... Isabelle restait toujours Isabelle de Monédière, dans le fond de son âme. Personne n'invente un nom semblable.

Peut-être était-ce un message ? Un retour ? Un au revoir ? Au fil des pages, un article débordait d'éloges sur le travail acharné de cette créatrice de talent, si proche du génie, qu'était devenue Isabelle, la célibataire de la mode. Mais rien sur sa vie privée, au grand regret des journalistes.

L'œuvre d'abord, la création, l'approche du merveilleux ; que d'émotions ce jour-là, que de questions restant sans réponses !

Les maisons restaient les mêmes, les jardins, les vergers, les arbres et les chemins ; les tas de bois, les carcasses des vieilles voitures, même l'odeur du pays… Mais une intuition me dit que tout allait revivre ici. Il n'avait suffi que d'un peu d'amour. Le futur couple ne quittant pas le hameau, point de séparation brutale…

Je traînais ma pensée dans cet après-midi chaud, à la recherche de je ne savais quelle phrase. J'aperçus le chien de Rolland, venant à ma rencontre. Je cherchais son maître mais ne vis personne. Bom's s'arrêta près de moi. Nous nous connaissions maintenant ; je prenais toujours le temps pour partager l'affection qu'il me donnait.

Rolland l'avait appelé Bom's, diminutif, d'après lui, de Bohémien, premier nom qu'il voulut lui attribuer… La chose se passa cinq ans plus tôt : le vieux chien de Bassepierre, par un beau matin, lui amena un chiot de couleur bizarre : « Que me portes-tu là ? C'est un chien de bohémiens ! Reprends ton paquet et file… » Mais le vieil animal fut plus têtu que lui. Et la créature appelée Bohémien quelques jours devint Bom's. Voilà l'histoire que me raconta

Rolland sur son compagnon. Ce nom lui allait à ravir. Avec ses yeux clairs, couleur de miel et très doux, je sentais de la tendresse tomber sur moi, quand il me regardait.

Je vis alors, se dandinant dans ma direction, Mamie Garoche. Bonne occasion pour bavarder un instant.

« Comment allez-vous, madame Garoche ?

– Je fais aller, comme vous voyez, monsieur Orlan, cette chaleur vous tue. Même le chien m'a abandonnée, c'est vous dire. Bom's est plus courageux, lui !

– Les grosses chaleurs passeront bien vite, mais je serai parti…

– C'est vrai que le temps passe vite, surtout cette année.

– Ce sera un bel été, avec ce mariage. Quelle surprise !

– Oh ! Ce n'est pas encore fait.

– Je crois qu'ils sont décidés, Rolland et votre fille me l'ont annoncé, il y a quelques jours…

– Je sais bien… »

Mamie Garoche abrégea la conversation. Je devinais un regard fuyant, absent, avec du chagrin.

« Faut que je rentre », dit-elle.

Elle continua son chemin sans autre mot, sans un au revoir. S'arrêtant devant la maison des Paledise, elle regarda longuement… Que cherchait-elle ? Sa silhouette disparut dans la courbure du chemin, au-delà des roses trémières. Le tracteur des fils Garoche menait grand bruit ; je rentrai dans mon havre de paix.

La fraîcheur de la pièce m'accueillit, avec le silence seulement troublé par le tic-tac de la comtoise.

Me posant mille questions sur Isabelle et Rolland, j'admirais ces pages de mode. Trop de temps séparait leur jeunesse et cet été, pensais-je. S'étaient-ils attendus en vain ?

La pendule vivait les mêmes heures que moi. Je traînais, accroché à des réflexions embarrassées. De mon fauteuil, certains détails de la pièce me surprenaient, puis perdaient leur intérêt, devenaient insignifiants. Je me plongeais dans un hebdomadaire, échappant pour un instant au suspens local.

Au dehors, les alentours de chez Rolland s'offraient aux rayons du soleil dans un nouvel ordre ; les vieux murs de pierres se redressaient.

Le temps se consumait... Les arbres un peu plus tard frissonnaient au bord du crépuscule. Un rouge orangé savamment inventé se languissait dans un horizon festonné de formes étranges.

Puis, petit à petit, le couvercle de la nuit se posa sur le hameau. À l'abri du monde, ce joyau s'endormit dans son obscurité mystérieuse et douce.

V

Isabelle face au drame

Le surlendemain à l'aube, nous fûmes réveillés en sursaut. Un chien hurlait à la mort, une femme criait. Je me vêtis au plus vite et courus vers le groupe, sous le châtaignier. Fernand Garoche et son frère Pierre tentaient de calmer Angèle qui s'époumonait. Plusieurs autres hommes dissimulaient ce que je voulais voir.

La corde qui pendait à l'arbre me fit supposer le pire… Oui, Rolland gisait là, sans vie ; comment était-ce possible ? La consternation transformait les visages.

« C'est pas possible, ce n'est pas vrai », hurlait Angèle désespérée.

Elle pliait sous la douleur, se mordant les mains jusqu'au sang. Ses frères avaient du mal à la soutenir. Le maire de Saint-Tinsan, les gendarmes et le médecin arrivèrent sur les lieux ; saisis de stupeur, tous posèrent la même question…

Bom's voulait s'approcher de son maître, les hommes l'en empêchaient. Rolland Bassepierre n'était plus des nôtres, enfui du monde, marqué par d'atroces souffrances, meurtri au cou par la terrible corde. J'avais très mal, mal à cette amitié nouvelle et si rare. Mamie Garoche, le visage blême, les lèvres serrées, les mains jointes, s'approcha plus près encore. Ses yeux fixaient ce corps inanimé, étendu sous cet arbre, près de ses chaussures vides. *Moun Diou*, disait-elle, sans pouvoir faire un pas de plus. Elle prit sa fille dans ses bras maigres et sans force. Quelqu'un éloignait le chien. Le maire et le médecin se grattaient la tête.

Le corps de Rolland recouvert d'une couverture, le vieil escabeau fut écarté. Connaissant le secret de l'arbre complice, j'avais encore plus mal. Bien sûr, il n'y avait rien à faire. Les cris d'Angèle nous arrachaient les larmes. Ses belles-sœurs ne pouvaient la calmer. Sa mère, le visage tout vieilli repartit tout doucement. Ses bras se levaient de temps en temps et retombaient le long du corps : fatalité !

Nous étions tous sous le choc terrible : mort par pendaison... Rolland, mon nouvel ami, sans vie pour l'éternité.

Les gendarmes me questionnèrent. Je leur dis mon amitié réciproque pour Rolland Bassepierre, ses projets de mariage avec Angèle, son enthousiasme depuis quelques jours ; tous les plans de modification de sa propriété qui le stimulaient, le vivifiaient. Rien ne pouvait l'arrêter ; son bonheur le tirait vers le bout du monde.

Ces messieurs, le maire et un gendarme me prièrent de les accompagner à l'intérieur de la maison de Rolland. Pendant ce temps, une brume légère tombait silencieusement sur Monédière. À l'intérieur, chaque chose était à sa place, pas de désordre. Tout attendait le bonheur.

« Je pense qu'il s'est… hier soir très tard, me dit le maire.

– Je ne l'ai pas vu de la journée, c'est vrai, mais il était tellement occupé ces temps-ci.

– Entrons ici, c'est sa chambre, vous pouvez nous suivre. »

Le lit n'était pas défait. Sur une petite table, près de la fenêtre, un bloc de papier à lettres et un stylo attirent mon attention. La page blanche, datée de la veille, comportait ces quelques mots, sur deux lignes :

Mon amour
Pardon, je ne pourrai jamais être…

Dans un silence respectueux, nos regards se croisèrent.

« Il y a peut-être la vérité sur cette page. Elle restera son secret… »

En disant ces mots, le maire referma le bloc de correspondance. Je sortis le dernier de la pièce. Sur le dossier de la chaise, la veste de Rolland. Machinalement, je l'observai. Une enveloppe pliée en deux dépassait d'une poche. D'un geste furtif, je la pris et la glissai dans la mienne.

Nous sortîmes de la maison. Le médecin autorisa le maire à délivrer le permis d'inhumer. N'ayant pas de famille sur place, l'ambulance des pompiers emmena le corps ; les cris d'Angèle étaient déchirants et désespérés.

J'étais mal dans ma peau. Que faire ? Le maire me dit, un peu à l'écart :

« Rolland était un brave garçon, un homme attachant. Il attendait une autre femme pour sa vie, ce n'était pas un secret. Je crois que ce projet n'était qu'un pis-aller. Fragile et sensible, vulnérable, peut-être n'a-t-il pas fallu grand-chose... »

Je me rendis chez Mme Garoche en début d'après-midi. Angèle n'était pas ressortie de sa chambre.

« J'ai prévenu son cousin de Galassière, c'est toute sa famille », me dit-elle.

Il y avait peu à dire. J'aurais bien voulu parler à Angèle, mais je n'insistai pas. Pauvre Angèle ! Mon séjour se prolongeait bien mal, dans un non-aboutissement d'un bonheur souhaité pour d'autres.

C'est alors que, plongés dans notre chagrin, nous reçûmes un télégramme de mon employeur. Ma présence étant désirable, je partis le soir même, laissant le hameau à sa tristesse et à son malheur.

La capitale me prit dans sa fièvre coutumière. Deux journées de coupure obligatoire, loin du drame. Ma pensée ne quittait pas Isabelle, l'épingle d'or de la célèbre maison de couture : Chantal Worllège. Avait-elle été informée ?

Si loin à Monédière, venait de mourir un homme qui avait attendu si longtemps, un homme qui l'avait tant aimée. J'aurais pu, au cours de l'une de ces soirées vides, me rendre vers la maison de couture, flâner aux vitrines. Mais je ne le fis point.

Ces deux jours passèrent très vite ; le directeur général s'excusa pour cette interruption de notre séjour, mais la mise au point d'un contrat nécessitait l'approbation d'un groupe de responsables dont je faisais partie.

Je repris ma voiture très tôt le troisième jour, pour retrouver mon épouse et le massif central. Je voyageais dans mes personnages, passant de l'un à l'autre, sachant que désormais il manquerait un ami, mon voisin Rolland Bassepierre. Quelques jours de vacances encore et ce serait le retour. Adieu Monédière, plongé dans les brumes de l'automne à venir, et les bavardages inutiles sur ce drame.

J'espérais savoir le pourquoi de cette fin atroce, formulant des hypothèses. Seul le désespoir peut pousser un homme à un tel acte. Rolland était si heureux. Je n'avais pas à jouer les Maigret, mais la conclusion que l'insurmontable s'était manifesté restait la plus probable.

J'avalais les kilomètres à vive allure, sachant que l'enterrement avait lieu ce matin-là.

Il était 11 h 30 lorsque je me rangeai sur la place de l'église de Saint-Tinsan. L'office se terminait et je rejoignis le groupe d'hommes qui, comme partout dans les campagnes, attendait à l'extérieur.

Les cloches sonnèrent le glas. Puis le cercueil fut glissé dans le corbillard et le convoi funèbre prit le chemin du cimetière. Il y avait beaucoup de monde. J'entendis près de moi :

« Autrefois, il ne serait pas passé à l'église celui-là… »

Les temps ont changé c'est vrai, mais il y a toujours quelqu'un pour dire assez fort ces choses-là. Les couronnes n'étaient pas nombreuses, mais toutes les familles de Saint-Tinsan étaient représentées. Tous les Garoche, Mamie au bras d'Angèle, soutenue par un de ses frères, étaient présents. Angèle, vêtue de sombre, transformée, méconnaissable, tant la douleur l'avait marquée. Je rejoignis mon épouse et nous accompagnâmes Rolland à sa dernière demeure. Isabelle Paledise ne vint pas…

Sur le chemin du retour, nous fûmes abordés par Mauricette.

« Quelle tragédie, mon pauvre monsieur Orlan.

– Qui aurait imaginé cette fin ?

– Je ne comprends pas, tout allait si bien ; vous voyez, quand les choses ne doivent pas se faire…

– Tout le pays lui a rendu un dernier hommage.

– Mais il manquait la Parisienne, je ne sais pas si elle a été prévenue, ça m'étonnerait fort.

– Ça ne change rien maintenant.

– Le pauvre n'a plus de soucis désormais, il a retrouvé son père, et sa mère… »

Mauricette sécha ses larmes et s'éloigna en marmonnant, très émue. Nous avions tous partagé notre peine. Quelques poignées de mains et nous nous retrouvâmes à la maison.

Tout paraît triste quand nous avons le deuil dans le cœur. Devant la porte close de Rolland Bassepierre, Bom's couché se languissait du retour de son maître. Durant l'après-midi, le ciel se couvrit de gros nuages noirs. L'orage menaçait. Je repensais à la lettre de Rolland, sur la table près de la fenêtre. Deux lignes, un début de correspondance : « Mon amour, et ce pardon… » Écrivait-il à Angèle ? Peut-on imaginer qu'il demandait pardon de son acte à venir ? Si, deuxième hypothèse, c'était à Isabelle, pour lui annoncer qu'il allait rompre avec le passé ? Et que, pris de remords, il ne pouvait s'y résoudre… Un dilemme ! Soudain je me souvins d'un autre détail. Comment avais-je oublié ?

La lettre que j'avais volée dans la poche de la veste de Rolland – je peux dire volée car il n'y a pas d'autre terme. Je promis de la rendre, le cas échéant. Parti précipitamment ce jour-là, je ne savais plus ce que j'avais fait de ce pli. Après maintes recherches, la poche de mon blouson révéla mon étourderie. C'était une enveloppe beige, adressée à M. Rolland Bassepierre, Monédière, par Saint-Tinsan, sans expéditeur au dos. Son contenu ? Une page de cahier scolaire pliée en quatre, dont le texte était :

« Angèle est ta sœur. »

Dehors, il y eut un coup de tonnerre. En moi-même également… D'où venait cette lettre ? Seul, le timbre portait l'oblitération, comme bien souvent. Je distinguais « Paris » assez lisiblement.

Je pensais alors à Isabelle. Avait-elle appris le futur mariage ? Pourquoi se manifestait-elle de cette manière, dans ce moment précis ? Quelle révélation ! Quelle terrible révélation pour Rolland. Troublé, je restais sans réaction. J'avais entre mes mains la stupéfiante information, que je m'étais appropriée avec un certain culot. Qui savait ce secret ? Acte de jalousie, méchanceté, en des mains peu scrupuleuses ! J'observais ce document, cette écriture ; j'avais déjà vu ce graphisme quelque part... La lumière jaillit soudain : Mamie Garoche ! Je me souvenais, ses petits-enfants, le jeu « des mots »... Les majuscules, le R de Rolland, le A d'Angèle ! Et Bassepierre ! Je détenais moi aussi le secret, son secret.

Perdu dans d'étranges pensées, je ne voyais pas les gros nuages noirs s'en aller, et l'orage n'éclata pas ce jour-là.

Que faire ? Qu'auraient-ils dit, les gendarmes ? Une vérité éclate, brutale, violente...

Mamie Garoche n'aurait jamais fait cela si Angèle avait épousé un autre homme. Elle s'était tue jusqu'au moment où... Pouvait-on la blâmer ?

Rolland avait vu son bonheur s'écrouler. Le sort avait décidé pour lui : deux impossibles amours...

Depuis l'annonce de ce mariage, Mme Garoche n'était plus tout à fait la même, je ne la voyais plus devant sa maison, ou se promenant longuement avec ses petits-enfants.

Je m'endormis ce jour-là, le cœur et l'âme tout embrouillés... Nous entendîmes le chien de Rolland Bassepierre hurler à la mort, en de longues plaintes qui troublèrent la nuit.

Le matin, le soleil alluma son immense lanterne dans un ciel beau, toujours refait à neuf. Je regardais du côté de chez Rolland lorsque j'aperçus Angèle porter de la nourriture à Bom's, solitaire. Il ne voulut rien sur l'instant, aussi lui laissa-t-elle la gamelle.

Le bruit des travaux de la campagne avait repris. Les oiseaux, les insectes se montraient, comme à l'ordinaire. Le châtaignier, complice d'une sale besogne, se sentait-il mal à l'aise ? Le bien-être et le mal-être se conjuguaient de bien étrange façon. Il montait en moi une terrible envie d'humer la nature, la terre !

L'après-midi, je m'approchai de Bom's. Je ne pus croiser son regard ; consoler un chien si triste est difficile. Il gémit et me tendit sa patte… Tandis que je lui parlais, je vis Mamie Garoche qui me regardait.

« Que va-t-il devenir ? lui dis-je.

– Peut-être nous le prendrons…

– Je souhaiterais vous parler madame Garoche, pouvez-vous venir un instant chez moi ?

– Et que me voulez-vous ?

– Venez, entrez. »

Elle était calme mais inquiète. Je la fis asseoir.

« Ce pauvre Rolland a terminé sa vie d'une manière comment dire, étrange… »

Elle se raidit.

« C'est bien vrai.

– Chaque famille a des problèmes madame Garoche, et tout n'est pas beau à dire. »

Acquiesçant de la tête :

« Bien sûr, chacun a ses peines.

– Et ses secrets qui, un jour ou l'autre peuvent faire très mal. Rassurez-vous madame Garoche, je ne veux que bavarder… »

Mme Garoche se maîtrisait tant bien que mal. Inquiète, elle dit :

« Que me voulez-vous ?

– Comment dire, vous avez dit la vérité… »

Elle me fixa et je continuais :

« Encore une fois ne craignez rien. J'ai bien réfléchi à toute l'histoire ; entre nous, j'aurais sûrement fait comme vous.

– Et qu'ai-je fait ?

– Vous avez écrit un mot à Rolland. »

Un long silence.

« Il vous a dit quoi Rolland ?

– Non, il n'a rien dit, à moi ni à personne, mais j'ai la lettre, votre écriture ne trompe pas… »

Mme Garoche, blanche telle une porcelaine, voulut se lever mais les forces lui manquèrent.

« Ne bougez pas, tenez, buvez un verre d'eau. Je ne dirai rien à personne. Je vais vous la rendre cette lettre… »

Je pris la missive glissée dans un livre et la lui montrai :

« Vous vous êtes donné bien du mal pour le timbre… »

Immobile, fixant l'objet, elle ne trouvait mot à dire. Je sortis le billet de son enveloppe, me dirigeai vers la cheminée, et mis le feu à l'enveloppe et à son contenu.

Doucement, tout doucement la vieille femme reprenait des couleurs. Elle enleva ses lunettes, séchant ses yeux d'un mouchoir à carreaux bleus, un de ces mouchoirs d'homme de la campagne.

« Pourquoi vous faites cela, vous auriez pu…

– Vous avez gardé le secret si longtemps. Il vous a fait tant souffrir, j'imagine. »

Des larmes coulaient sur ses joues ; regardant les quelques cendres qui restaient, elle me dit :

« Je ne pouvais pas faire autrement, je ne pouvais pas les laisser faire, pardonnez-moi…

– Le pardon ne viendra pas de moi. Vous avez payé depuis longtemps, mais il faudra qu'un jour…

– Qu'un jour ?

– Le temps viendra où vous parlerez à Angèle, pas encore, mais dans quelques mois, vous verrez. Elle saura vous écouter ; vous vous comprendrez alors.

– Elle est si malheureuse Angèle, ma petite Angèle ! »

Mamie Garoche n'était plus pressée de partir de chez moi, peut-être soulagée, délivrée. Elle me parla même du père de Rolland, des circonstances qui firent d'eux des amants coupables mais si heureux. Je devenais le confident de sa vie, d'un bout de sa vie, sans nul doute le plus surprenant.

Antoine Bassepierre fut pour elle un homme merveilleux et personne au monde ne sut leurs amours cachés. Ce temps volé restera le plus beau dans mes souvenirs, les fruits défendus ont une saveur particulière, disait-elle. Si dur étant l'aveu dans le monde cruel, la vérité ne put jamais franchir le seuil de ses lèvres. Involontairement, l'authenticité fut meurtrière, quelques jours plus tôt.

Puis Mamie Garoche s'en retourna chez elle, entourée de ses petits-enfants, qui l'avaient enfin retrouvée. Dans le ciel, des nuées en écharpe, rien d'inquiétant.

Je tardais à me lever, le plafond de la chambre s'accrochait à ma réflexion. L'affaire trottait dans ma tête. Les cendres resteraient muettes pour toujours, c'était bien ! Mais la lettre de Rolland, pour qui était-elle ? Qui devait pardonner, et quoi ?

Je me levai enfin, pris mon déjeuner et partis arpenter les terres, oxygéner ma carcasse. Je négligeais mon footing, les événements mangeaient une partie de mon temps.

Je pris le chemin de la fontaine. J'aperçus les Garoche s'occupant de la basse-cour de Rolland. C'était bien que quelqu'un en prît soin.

Une gorgée d'eau froide et me voilà dans les prairies. Je me souvenais du récit de la rencontre de Rolland et d'Isabelle... Plus loin la forêt et le chemin des chevaux fous, d'après la légende de

Fer à cheval. Je me perdis volontairement dans le bois, libre de penser, de courir. Puis le tronc d'un arbre tombé fut le bienvenu. J'étais bien...

Inquiet sans en connaître les raisons, mon esprit vagabondait parmi tous les éléments de cette affaire. Ayant choisi cet endroit pour m'évader de Paris, d'une manière de vie qui vous prend si fort que parfois elle vous étouffe, voilà qu'ici, à l'échelle du hameau nous vivions aussi des drames qui nous serraient le cœur très fort.

Je m'éloignais davantage dans le vallon. L'ombre et la fraîcheur me procuraient un bien-être vivifiant. L'eau d'un ruisselet me rappelait des souvenirs de pêche ou de braconnage. Bien tenté, je l'étais, de laisser glisser mes mains sous les pierres en quête d'une friture. Mais le cœur n'y était point, et les truites ne m'en voudraient pas... ce n'était certainement que partie remise.

Sur le chemin du retour, j'aperçus une énorme fumée au-dessus de Monédière. À peine eus-je le temps de réfléchir que j'entendis le klaxon du véhicule des pompiers. Je courus vers le hameau.

La fumée s'élevait du toit de la maison des Paledise, et des flammes s'échappaient aux fenêtres ouvertes. Les pompiers dirigeaient leurs lances vers les points de départ des flammes. Les voisins aidaient de leur mieux, faisant une chaîne vers les quelques réserves d'eau.

Soudain Angèle apparut devant nous, hurlant :

« Laissez-la brûler, c'est elle qui m'a pris Rolland, laissez brûler cette maison, c'est celle du diable !

– Angèle arrête, Angèle tu ne sais plus ce que tu fais, je t'en prie… »

Mamie Garoche criait pour arrêter sa fille, mais celle-ci continuait :

« Qu'elle brûle, c'est bien fait, oui c'est moi qui ai fait cela, elle ne me fera plus de mal cette maison, plus jamais ! »

Après ces phrases, hurlées à qui voulait les entendre, Angèle s'enfuit à travers champs. Un de ses frères voulut la rattraper et tous deux disparurent. L'incendie fut maîtrisé. Les dégâts paraissaient importants. Une odeur de feu mouillé couvrait le hameau.

Les gendarmes, une fois de plus, arrivèrent sur les lieux, et les recherches pour retrouver Angèle commencèrent. La vengeance semblait le mobile du geste. Le drame continuait. Angèle se vengeait d'Isabelle, mais pourquoi aujourd'hui ?

Mon regard interrogea Mamie Garoche qui répondit non de la tête.

« Elle avait aéré comme d'habitude, je ne sais ce qui lui a pris… »

Les murs noircis, la toiture à demi effondrée, la belle maison n'était que tristesse et désolation. Quelques fumées s'échappaient encore des décombres, sous la surveillance des pompiers. Dans ce remue-ménage inhabituel, la mort de Rolland Bassepierre planait. Nous étions tous mal à l'aise. La suite m'effrayait. Devant la maison de son maître. Bom's assis contre la porte, attendait toujours.

Ce n'est que vers 15 heures qu'ils ramenèrent Angèle. Son frère la consolait. Elle voulut voir sa mère avant d'être emmenée par la gendarmerie pour vingt-quatre heures de garde à vue, avant d'être présentée au procureur de la République. Images terribles, mêlées de cris d'âme blessée.

Les heures passèrent, le calme retomba sur Monédière. Je me rendis chez Mme Garoche, elle avait peut-être besoin de réconfort. Je la trouvai avec ses enfants et petits-enfants. Angèle avait découvert des lettres de Rolland envoyées à Isabelle, rangées dans une boîte et cachées dans un meuble. Correspondance révélatrice… Rolland aimait Isabelle…

« Ces lettres étaient-elles récentes ?

– Elle ne me l'a pas dit.

– Il faut prévenir Isabelle.

– Les gendarmes font le nécessaire, c'est ce qu'ils m'ont dit. »

Ce soir-là, je ne pus m'endormir, pensant à Angèle en maison d'arrêt. Ayant découvert cette correspondance, elle avait perdu son sang-froid ; la détresse conduit parfois jusque-là.

La pendule sonna 2 heures. L'inquiétude me harcelait, je me levai, ouvrant toute grande la fenêtre.

Là, sous mes yeux, s'étalait le décor du drame, noyé dans le silence et la nuit. Des nuages couraient dans le ciel, ouvrant et découvrant la clarté de la lune, comme un responsable des éclairages d'un théâtre. La grande scène s'étalait du côté cour au côté jardin ; les personnages absents préparaient sans nul doute un final inattendu...

Dans cette aube triste du 24 août, la météo nationale annonçait de violents orages sur le centre, l'Auvergne et le sud-ouest. À Monédière, ils surprenaient par leur intensité. La matinée passa sans incident. Nous étions samedi, dans le milieu de l'après-midi. Deux voitures arrivèrent au village, dont une Mercedes blanche, et s'arrêtèrent près de la maison d'Isabelle. Quelques messieurs et une femme en descendirent, regardèrent et se dirigèrent chez les Garoche.

Une heure plus tard ils ressortirent et vinrent vers ce qui fut la belle maison de Monédière.

J'observais de chez moi. Sûrement des experts, des assureurs peut-être... Mme Garoche expliquait, un homme prenait des notes, le ciel se couvrait. La mère d'Angèle repartit chez elle, seule.

Après bien des discussions, les deux hommes se retirèrent. Je voulus voir de plus près ; si c'était...

M'approchant de l'inconnue, je la fis sursauter. Quand elle se tourna vers moi, un trouble m'envahit.

« Vous êtes Isabelle ? Isabelle Paledise ?

– Oui. »

Mille détails me revenaient à l'esprit, mais ceux qui ne trompaient pas, c'étaient ses yeux, troublants, merveilleux et tristes.

Je me présentai, expliquant ma présence à Monédière ; j'étais son voisin en somme. Mes propos ne la préoccupaient pas. Son regard allait de sa maison à celle de Rolland. La pluie commençait à nous mouiller un peu. Vêtue d'un tailleur de toile de lin, elle s'excusa de n'avoir ni parapluie ni imperméable. Mais ce n'était plus la pluie qui coulait sur son visage… Soudain l'averse se fit plus forte :

« Ne restez pas ainsi dehors, accepteriez-vous de vous mettre à l'abri un instant chez moi ?

– Merci monsieur, mais… »

Plus rapide que sa réponse, je la pris par le bras et l'entraînais à l'intérieur. Un coup de tonnerre l'aida à franchir le seuil sans manière. Déjà trempée des pieds à la tête, quelques frissons la parcouraient.

« Je suis désolée, désolée… »

Elle enfouit le visage dans ses mains et sanglota. Les pleurs ne la quittaient plus. Que faire ?

Mon épouse et moi-même faisions du mieux possible pour la calmer. Le chagrin était profond. Ayant des vêtements de rechange dans sa voiture, elle put ainsi se mettre au sec. Nous lui proposâmes un café ou une infusion. Je lui dis alors :

« La toiture est endommagée, mais les murs…

– Ce n'est pas à la maison que je pense, mais à Rolland Bassepierre… Je n'ai eu la nouvelle que ce matin. Mais pourquoi ? pourquoi ?

– Rolland était devenu un ami pour nous aussi.

– Comment savez-vous mon nom, mon prénom ?

– Sans vous avoir jamais vue, je connais un peu votre histoire ; vous avez marqué Monédière, vous avez déclenché haine et passion Isabelle Paledise, pardonnez ma franchise, mais c'est ainsi.

– Je n'ai pas voulu ça, je vous le jure.

– Je vous crois. »

Pendant ce temps, au dehors, le ciel entassait ses nuages sur Monédière. Ils étaient de plomb, sombres et bas.

« Je crains le pire pour ce soir, préparons les bougies. Ici parfois, ce peut-être violent.

– J'ai connu cela autrefois. »

Des grondements sourds roulaient sur nous, des éclairs zébraient l'obscurité. Les averses drues se jetaient sur les toits, sur les chemins et les jardins. Les vents se mêlaient, la tempête se déchaînait. Un volet mal assuré claqua à l'étage. Je montai le verrouiller. De la fenêtre du premier, le spectacle était fabuleux. Sous la lumière des éclairs les arbres s'affolaient, se pliant sous la bourrasque. Les deux grands sapins, les sentinelles résistaient et se penchaient ensemble. Les chemins débordaient d'un ruissellement de boue. Lorsque je redescendis, les bougies allumées prévenaient déjà la panne qui arriva quelques instants plus tard. Regroupés près de la fenêtre de la souillarde, nous étions là tous les trois, témoins impuissants d'un déluge. Parfois la maison tremblait, comme nous-mêmes. La sonnerie du téléphone s'affolait, nous faisait sursauter, mais c'était normal par ces temps paraissait-il, on nous avait prévenus. Plus loin la maison de Rolland ruisselait de larmes. Nous attendions…

Puis un éclair terrible, si puissant que tout s'illumina, dehors et dedans. Un craquement formidable, un souffle presque en même temps.

« La foudre est tombée sur l'arbre, elle est tombée sur l'arbre », cria Isabelle.

Ses yeux grands ouverts fixaient le châtaignier.

« J'ai peur, j'ai peur, protégez-moi s'il vous plaît ! »

Elle s'accrocha alors à nous deux, se crispa, lançant des cris qui avaient mal.

« L'arbre ! Voyez l'arbre ! »

Trois têtes regroupées derrière la vitre cherchaient à l'entrevoir. Sous les éclairs, l'arbre nous montrait sa fatale déchirure : son tronc fendu presque jusqu'au sol.

« Notre arbre va mourir comme nous. Sa blessure est trop grande. Les yeux me brûlent… »

Isabelle sanglotait, anéantie. Nous lui proposâmes l'hébergement jusqu'au lendemain. Elle accepta, désemparée. Cependant l'orage se calmait ;

toute violence a ses limites, pensais-je. Une vapeur, une brume montait de la terre, promenée par une brise impalpable. La perturbation quittait le village, tirée par ce bras mystérieux qui fait et défait le monde.

Isabelle, prostrée dans un songe ne réagissait pas. Le réseau électrique faisait de même.

Après la chaleur étouffante de l'après-midi, une fraîcheur insistante nous envahissait, au parfum de terre lavée, à l'odeur de pluie. Portes et fenêtres ouvertes pour un instant, nous nous laissions pénétrer par cette bouffée d'air frais offerte par une nature toute débarbouillée…

Je sortis examiner l'arbre foudroyé. Étrange vision : ouvert, comme partagé ; à hauteur de vue, je pouvais introduire la moitié de ma main dans sa craquelure, son cœur, sa vie. Pas de trace de brûlure, de feu.

Je me souvenais de son histoire, de Rolland. Je savais maintenant qu'il allait mourir, lui aussi.

Le modeste dîner que mon épouse agrémenta à sa manière, fut pris simplement, à la lueur pauvre des bougies. Comme pour préparer une veillée, des bûches placées dans la cheminée ne demandaient qu'une allumette. Fin août, un feu de cheminée ? Oui, mais nous étions à Monédière, un soir pas comme les autres.

Groupés par les circonstances, près d'un âtre surpris de flammes aoûtiennes, nous laissions s'écouler les minutes. Isabelle Paledise prit la parole :

« Quel gâchis, quel gâchis. Ce jour est à marquer d'une pierre noire ; rien ne sera comme avant, rien ! Angèle s'est trompée, moi je suis morte ! Et j'ai si mal aux yeux. »

Tous les trois nous regardions le feu.

« Tout est de ma faute, reprit Isabelle. J'étais trop fière. Je ne lui ai pas donné sa chance ; lui m'a tout donné et moi j'ai usé son espoir, sa vie, je l'ai lassé d'attendre. »

Elle couvrait ses yeux de ses deux mains.

« Vous avez mal ?

– Mes yeux me brûlent à l'intérieur, c'est étrange mais ça va passer. Que va-t-il arriver à Angèle ?

– La justice suivra son cours, nous n'y pouvons rien. Elle sera jugée... »

Des silences, des flammes, des reflets, des ombres...

« J'avais dix-huit ans lorsque je connus Rolland, vous l'a-t-il dit ?

– Oui, mais racontez-nous, cela vous fera peut-être du bien ?

– Du mal voulez-vous dire, du mal mais c'est le mien. Rolland et moi nous nous sommes aimés à la folie... »

Isabelle pleurait doucement, les yeux rivés sur des images perdues à tout jamais.

« Je lui ai offert ma jeunesse, ma candeur, mon innocence. Il m'a donné les mêmes choses, les vraies et l'amour avec en plus une tendresse infinie, et si délicatement… »

Elle continuait :

« Quand il revint de son service militaire, il monta à Paris, comme l'on dit ici. C'est là-bas que nous fûmes si heureux, pour la première fois. Puis les voyages de l'un vers l'autre furent parfois difficiles. Survint alors l'épopée familiale qui m'obligea à prendre un mari… Ce fut pourtant un mariage blanc, mais personne ne le sut, sauf Rolland. J'étais si malheureuse et lâche en même temps. J'arrêtai mes études et entrai alors chez Chantal Worllège où je suis toujours.

– Vous avez fait du chemin !

– Une route qui n'a pas d'importance dans le fond de mon cœur. Le divorce arriva, naturellement. Rolland et moi nous nous aimions toujours. Le châtaignier poussait d'année en année. Nous nous habituâmes à cette façon de vivre, sans pouvoir nous passer l'un dc l'autrc. La maison de Monédière était à moi seule, par décision de mon père. Cela rassurait Rolland et moi aussi. Des projets, nous en fîmes sans jamais les réaliser tous, ni lui, ni moi étions pressés. Rien ne changea à la mort de son père. Angèle, de son côté, aurait bien pris ma place… Rolland était patient. Dans mon travail, j'assumais de plus en plus de responsabilité, j'y consacrais beaucoup de temps. Rolland m'écrivait des lettres tellement belles, enthousiastes, débordantes d'amour et d'espoir.

– Peut-être celles découvertes par Angèle, dans votre maison ?

– Certainement ; je conservais les plus douces, les plus amoureuses…

– Celles qui pourraient rendre jaloux…

– Chacun fait de même. Où est mon crime dans cette situation ? Les dates, il y avait des dates.

– Angèle n'y a pas prêté attention.

– Les dernières avaient quelques années. Cela n'explique pas l'acte de Rolland…

– Vous l'aimiez donc toujours ?

– Je n'ai aimé qu'un seul homme dans toute ma vie, ma promesse n'a jamais failli, même si…

– Pourquoi avez-vous attendu tant d'années ?

– Je ne sais plus, je ne comprends pas aujourd'hui. Je ne peux mesurer tout cet espace. Depuis trois ou quatre années, nous nous sommes éloignés sans nous en rendre compte, par habitude. Mon Dieu, qu'avons-nous fait ? »

Je ranimai le feu, non pour nous réchauffer, mais plutôt pour avoir une compagnie, je dirais, vivante.

« Mme Garoche m'a informé d'un projet de mariage entre Angèle et Rolland… Elle semblait me le reprocher.

– Vous étiez deux à aimer cet homme et depuis longtemps. Vous seule avez eu votre part de bonheur.

– Certainement, et ce depuis le premier jour, dans la prairie, lors d'un incident assez drôle !

– Le pied dans la boue ?

– Vous savez cela aussi !

– Rolland m'a raconté sa vie, la vôtre aussi. Vous souvenez-vous de Fer à cheval ?

– Cet homme m'effrayait un peu, je l'avoue. Mais il aimait beaucoup Rolland. Aujourd'hui tout est mort ; chez les Garoche, je n'avais d'affection que pour Angèle, malgré sa jalousie.

– Que ferez-vous de ce pied-à-terre désormais ?

– Je suis trop troublée pour y songer.

– Votre présentation de mode est réussie, mais savez-vous ce qui m'a frappé ? Dans cette revue ?

– Je crois savoir vu les événements. Ce n'est qu'une coïncidence. J'ai beaucoup pensé à Monédière, en préparant les modèles, c'est tout simple.

– Personne ne vous prendra Rolland désormais.

– J'ai consacré ma vie à mon travail, le reste est un échec, et je ne peux plus rien faire, rien… »

Isabelle Paledise enfouit son visage dans ses mains. Dissimulait-elle quelque secret ?

Je ne pouvais rompre ce silence qui lui appartenait ; les sanglots qui lui venaient nous faisaient aussi beaucoup de mal.

Au dehors, l'orage avait disparu. Le calme régnait. Ouvrant la lourde porte de chêne, la nuit pénétra dans la maison, pleine d'odeur de pluie.

« Je n'étais jamais entrée ici, reprit Isabelle. Il y avait autrefois des personnes âgées, et l'habitation était dans un état différent. Oui je me souviens, comme de Fer à cheval, mais pas davantage.

– À propos de ce personnage, il faut que je vous dise. Il avait promis un cadeau pour vous deux, pour votre mariage… Cet étrange bonhomme a placé ce qu'il appelait son trésor, avant de mourir, dans une cachette que m'a révélée Rolland.

– Cette histoire ne m'appartient plus, je ne veux rien savoir.

– Fer à cheval a conservé cette chose très longtemps, pour vous deux. Vous êtes vivante et vous l'aimez toujours.

– Même notre arbre est mort aujourd'hui…

– Je connais aussi l'histoire du châtaignier. »

Elle me regardait, surprise.

« Il est mort là, sous mes yeux qui me font si mal ce soir, comme une brûlure. Le cadeau de Fer à cheval n'est pas pour moi… Je ne le mérite pas.

– Mon souhait serait que vous le voyiez, pour lui, pour Rolland ; il faut le découvrir, ce n'est pas très loin. »

Convaincre Isabelle ne fut pas facile… Dans la nuit, munis de lampes électriques, nous embourbant dans les chemins, nous nous rendîmes dans la vieille grange du haut. Il était plus de minuit quand trois silhouettes pénétrèrent dans le bâtiment.

Les immenses portes de bois fermant mal, il fut facile de les pousser. Un vrai décor de film nous attendait. Balayées par le faisceau de nos lampes, nous découvrîmes toutes ces choses devenues inutiles : tombereaux, remorques, carrioles, vieux outils, paniers, quelques stères de bois appuyés contre le mur…

Les toiles d'araignées, vieilles et poussiéreuses pendaient de partout, se collant à nos visages ; et provoquant des frissons dans tout le corps. L'accès de l'endroit secret, dissimulé par une montagne de foin, nous posa des problèmes. À la fourche, je débarrassais la meule, sous les regards, j'oserais dire, de mes compères. La poussière collait à ma sueur, et l'odeur de ce foin si vieux m'indisposait. Si tout ceci n'était qu'une histoire inventée par M. Auguste… pensai-je soudain.

Mais la patience nous donna raison ; une pierre, puis deux, et puis la troisième marquée d'un fer à cheval apparut. Tout était donc possible ! Hésitant à poursuivre, tous trois nous regardions. Là, derrière celle du centre… le secret.

Muni d'une pioche rouillée et sans manche, j'entrepris de desceller la pierre immobile et gardienne, depuis si longtemps. Nous avions des allures de cambrioleurs. Évitant de trop faire de bruit, l'ouvrage était laborieux, Isabelle très inquiète. Nous délivrâmes l'objet du mur, replaçâmes assez mal la pierre à sa place. Isabelle, malgré sa curiosité, ne voulut pas toucher à cette boîte rouillée, mystérieuse. Personne n'avait dit mot. De retour chez nous, sous la lumière des bougies, j'ouvris la boîte à biscuits métallique, ou plutôt le coffre à secret.

« Ce que l'on trouvera vous appartiendra », dis-je à Isabelle.

Pliées dans du papier journal et des chiffons, les pièces d'or apparurent : le trésor de M. Auguste Féracé, surnommé Fer à cheval !

« Comme c'est étrange, c'était pour nous ?

– Oui, et cette lettre froissée, voulez-vous l'ouvrir ? »

Elle déplia le feuillet délicatement :

« À M. Auguste Féracé, chez M. et Mme Bassepierre, Monédière, par Saint-Tinsan. »

Elle lut la suite en silence et nous dit :

« Incroyable ! En récompense d'un sauvetage, ils offrent une fortune à Fer à cheval. Cette lettre vient des États-Unis d'Amérique…

– Oui elle vient de si loin.

– Vous saviez cela aussi ? »

Je répondis par un sourire.

« Il suffisait à celui-ci de prendre contact et…

– Vingt-quatre pièces d'or qu'il conserva jalousement, sans en dépenser une seule ! Fidèle aux

Bassepierre jusqu'à la fin, heureux de pouvoir vous offrir…

– Je n'accepte pas, je ne peux accepter.

– Le sacrifice de toute une vie mérite le respect. »

Il y eut un long silence.

« Si Angèle avait épousé Rolland ?

– Je ne peux répondre.

– Elle sera condamnée, pauvre fille… Que pourrais-je faire, je suis un peu responsable quelque part.

– Vous allez vous porter partie civile ?

– Non, au contraire, je vais l'aider. La justice fera ce qu'elle doit faire, rien ne peut l'arrêter. Mais c'est un crime passionnel, j'essaierai d'intervenir afin qu'elle puisse bénéficier de circonstances atténuantes. »

Il était 3 heures du matin et nous bavardions encore. Isabelle se plaignait toujours de ses yeux. Sous l'éclairage des bougies, ses cheveux blonds paraissaient de la soie ; son visage marqué par la fatigue possédait un charme si particulier… Je pensais à Rolland. Comme il avait raison quand il parlait de sa beauté, peut-être était-elle trop belle ?

Au bout d'un long silence :

« Je vais entreprendre la réparation de ma maison. Quant au fameux trésor, je vais le confier à mon notaire en attendant une meilleure destination. Qu'en pensez-vous ? À moins que... »

Nous la regardions mon épouse et moi. Le temps n'avait plus d'importance.

« Mon avocat réglera tous les détails. Je souhaite que cette maison devienne le soleil de Monédière, avec ses volets blancs, son jardin, ses roses...

– C'est une bonne résolution...

– J'ai fait du mal à Rolland, lui, le seul homme que j'aie aimé, que j'aime encore. Aussi, je fais don de cette maison à Angèle, car elle vit encore et vivra ici, à Monédière. Pendant tant d'années, ici était mon soleil ! Oui, cela me fait mal, très mal, mais tel est mon souhait. »

La résolution venait de tomber, tel un couperet. L'aboutissement imprévisible d'une situation douloureuse. Angèle accepterait-elle ?

Isabelle Paledise nous demanda le nécessaire pour mettre par écrit ses décisions. Elle devint pendant un moment un autre personnage, au visage fermé. Les flammes des bougies renouvelées furent témoins de ces instants. Le feu s'était éteint, la pendule marquait 4 heures. Nous vivions des moments bien étranges.

« Je vous demanderai de lire ceci et de bien vouloir signer tous les deux, au bas de cette page.

– Est-ce bien nécessaire ?

– Ce n'est pas un testament, mais faites-moi ce plaisir s'il vous plaît. »

Puis elle cacheta l'enveloppe et nous la confia, nous demandant de la poster dès que nous le pourrions. Une deuxième lettre, secrète celle-là, destinée au procureur de la République rejoignit la première sur le milieu de la table.

« Maintenant il ne me reste plus qu'à vous remercier tous les deux, sans vous... Je ne sais pas ce que j'aurais fait.

– Peut-être la même chose.

– Si vous appreniez, au fil des jours, pour Rolland ? »

Je ne pouvais révéler la vérité, ni parler du début d'une lettre restée inachevée dans la chambre de Rolland. Le café fort aidait à tenir, l'électricité restait toujours absente.

Isabelle reprit la lettre destinée à Fer à cheval.

« Pourrais-je la conserver ? dit-elle.

– Certainement. Elle n'a d'importance pour personne désormais. Le destinataire n'en a que faire, quant à l'expéditeur, allez savoir... »

Puis tout doucement, nous parlâmes de nous, de notre vie, nos travaux, etc. Je sentais ma barbe qui poussait... Sans y prendre garde, nous étions revenus dans sa jeunesse, à Monédière. Isabelle devenue plus calme se libérait. Sa jeunesse volait, courait, éclatait au soleil de Monédière. Comme elle était loin, l'épingle d'or de Worllège, loin de ce Paris infernal et merveilleux sans doute.

Nous refîmes tous les chemins alentour, vers la fontaine, les prairies, les champs, les granges pleines de secrets, sans oublier celui des chevaux fous avec la légende de Fer à cheval.

Isabelle ajouta comme un aveu que cette terre lui collait à la peau, lui entrait dans le corps. « C'est une adoption de terre et de sang », dit-elle. Qui aurait pu prévoir qu'un jour…

Le temps enfui offrait sa patine d'or, modulé de larmes, de sourires, de silences.

Nous fûmes surpris par l'aube qui lentement venait au secours de la réserve des bougies. Un miracle que nous ayons pu tenir… Puis un dernier café, un dernier chagrin.

Isabelle sortit de la salle de bain vêtue de noir. Une jupe de flanelle, un tee-shirt décoré de perles, les cheveux relevés dans un chignon grand-mère, faisaient d'elle le type du mannequin parfait des périodiques de mode.

« J'ai perdu la couleur de mes yeux », dit-elle en les couvrant de ses mains.

Je me rappelais ses mots tout au long de la nuit : « J'ai mal aux yeux. »

Puis elle nous regarda. L'iris de ses yeux avait pâli, comme délavé. La violence de l'éclair serait-il le responsable ? Nous nous inquiétâmes tous de ce phénomène. Mais le principal était qu'Isabelle vît comme avant. Elle scrutait les miroirs... Je ne connaissais pas de situations identiques. La fatigue, le chagrin, l'éclair violent et si proche, tous les prétextes furent invoqués.

« Vous retrouverez la beauté de vos yeux, je vous le jure. Parfois l'intensité des bleus change suivant la couleur du ciel, vous le savez ?

– Oui, mais à ce point, je suis inquiète ; cependant je vois comme avant, je vous assure. Mais il est vrai que j'ai des ennuis de temps en temps. »

Nous étions désemparés. Les minutes passaient ; notre seule et unique rencontre tendait à sa fin. Elle boucla sa valise et nous pria de l'accompagner jusqu'à sa voiture, nous remerciant de l'accueil que nous lui avions fait.

Devant la porte Bom's attendait. Quand il vit Isabelle, il gémit et vint se frotter à ses jambes.

« Pauvre Bom's, dit-elle, il est si doux.

– Vous le connaissez ?

– Oui, je l'ai vu une fois je crois, et l'on ne peut oublier ces yeux-là... »

Décidément...

Nous passâmes près du châtaignier meurtri. Je cassai une branche garnie de bogues et de feuilles et la lui tendis.

Après avoir caressé le tronc de sa main douce et fine, elle regarda la maison de Bassepierre, tantôt la sienne. Puis, en direction de celle-ci :

« Adieu mon soleil de Monédière, adieu mes amours, je sais que... »

Et puis :

« Au revoir monsieur et madame Orlan, merci pour tout. »

Nous nous embrassâmes affectueusement. La voiture blanche, emportant la belle Isabelle s'éloigna dans le chemin, puis disparut. Il était 7 heures à la pendule.

Barbu et fatigué, je tombai dans le premier fauteuil et m'endormis. Je fis alors ce rêve étrange :

Je me trouvais dans le village que je survolais tel un oiseau immense. De la terre, jaillissaient des jets d'étoiles qui devenaient des arbres, des maisons, des cheminées, ou qui fuyaient en rivières serpentant sur la terre entière, s'engloutissant dans des gouffres noirs, pour reparaître un peu plus loin. Je volais, toujours dans cette apesanteur indicible, ouatée d'un azur infini.

Mes ailes frôlaient des châteaux scintillants, tantôt les faisaient disparaître, tantôt apparaître dans des volutes folles. Le sol se mouvait en formes circulaires, s'enfuyait en cônes profonds qui remontaient en spirales inégales, insaisissables, de feu, de froid, de glace, d'étincelles. Je survolais le monde en gestes longs et lents, faisant et défaisant les formes, les océans de laves, les volcans de pétales de myosotis, et toujours des châteaux aux tours montant jusqu'au ciel, et des chemins aussi profonds que le rêve. Mon corps alors trop lourd tomba précipitamment. Je fus aspiré dans le gouffre de l'enfer qui vous écorche, vous prend, vous tire et vous arrache les doigts. Je me débattais alors de toutes mes forces pour retrouver mes ailes, mon envergure.

Je me vidais d'efforts et l'incendie redoublait de vigueur. Puis, me hissant vers une terre brûlante, je retrouvais une maison brûlée, où les poutres et les chevrons noircis se débattaient entre eux, bataille de sabres noirs sans bras qui happèrent Angèle, la barricadèrent et la clouèrent aux pans de murs qui restaient.

Je vis à cet instant la silhouette de l'homme qu'elle aimait, fluide et transparente, s'élever dans l'espace du firmament dont elle s'était exclue…

Lorsque je revins à moi, le soleil entrait sur le plancher, par la porte ouverte. Je m'accrochais à ce rayon de lumière pour émerger de cette histoire.

Un papillon passait par là, balancé dans une insouciance heureuse, tel un accent circonflexe ne sachant où se poser. Mon regard le suivit, lui souhaita bonne chance, et je le vis se perdre dans les jardins ensoleillés.

VI

New York

La vie continuait, avec les soucis de tous les jours. Paris me prenait à bras-le-corps, je pourrais dire : m'avait repris. Nous étions à la mi-septembre de la même année. Les vacances étaient bien finies, me laissant de bien étranges sensations de doux-amer.

Monédière, hameau calme jusque-là, avait marqué ma vie pour longtemps, m'ayant offert de la quiétude et du drame, de la paix et de la douleur.

Avant mon départ, je ne pus voir Angèle, retenue à la prison du département. Malgré la situation, je l'avais assurée de ma sympathie, par l'intermédiaire de Mme Garoche, sa mère. Je pouvais comprendre son geste, et je n'avais pas à porter de jugement. Un galvaudage tout cela, un énorme galvaudage ! Mais la vie s'écrit ainsi sur le parchemin de l'histoire.

Je flânais ce jour-là dans Paris. Mes pensées vagabondaient vers je-ne-sais-quoi ou qui. Je vivais un de ces moments où ce que l'on fait n'a pas d'importance, où le regard ne se pose pas sur ce que l'on voit, et où les pas vous emmènent, sans guide. Je m'évadais d'une matinée de travail, sans but précis.

Soudain, je fus réveillé, extirpé de ma nonchalance par une enseigne, un nom bien précis inscrit sur une porte de boutique. D'une belle écriture anglaise gravée dans l'épaisseur de la porte de verre, s'étalaient deux mots : Chantal Worllège. Derrière celle-ci un hall habillé de boiseries claires et vernies, éclairé d'un lustre de cristal rutilant, reflété au sol de marbre, desservait plusieurs salons. À gauche de l'entrée, trois vitrines en forme de niches, où des mannequins filiformes présentaient des vêtements d'hiver, et accessoires plus beaux les uns que les autres.

Le hasard m'avait réveillé, mis en face d'une identité révélatrice. J'observais attentivement l'étalage, m'attardant plus longuement sur certains détails. J'étais ici involontairement, mais c'était bien ainsi.

Bien sûr je pensais à Isabelle Paledise. Comme le monde est petit… Mon regard allait plus loin, vers l'intérieur de la boutique luxueuse.

Couleur poudre de riz, l'ensemble murs et mobilier se coordonnait au sol de marbre bordeaux, bronze et vert amande. Les présentoirs de verre et les portants chromés de formes courbes s'harmonisaient à l'ensemble. Les teintes des vêtements, touches sensibles du peintre ajoutaient la vie à ce merveilleux tableau, où deux hôtesses s'affairaient à quelque rangement.

Une silhouette connue traversa l'espace, légère, pressée, donnant des instructions, puis disparaissant derrière des rideaux voleurs d'images. Isabelle ! Pourrait-elle penser que j'étais là ?

Je lorgnais une dernière fois ces mannequins de Plexiglas pour ne pas dire de cristal, et je repris la direction de mon appartement.

La conversation de la soirée nous ramena à Monédière, puis à Paris, vers Isabelle. Deux mondes si différents, aux contrastes saisissants : le soleil de Monédière ! La griffe Chantal Worllège !

Ayant fait des photos de vacances, je déballais sur la table ces souvenirs encore nouveaux pour nous. Nous retrouvions la nature riche de sa beauté, sa verdure, ses chemins et ses formes que nul ne peut inventer.

J'avais photographié toutes les maisons, les murs, les puits, même la fontaine, sauf les personnages. Le ciel tantôt pur, parfois panaché de ouate vaporeuse baignait ce décor harmonieux.

La maison de Rolland Bassepierre vivait encore de ses espoirs, et Bom's ne s'était pas dérangé pour la photographe ; le châtaignier heureux de vivre pensait à l'automne, et les chemins terreux nous invitaient à les suivre. C'était le retour vers ce mois d'août. Lorsque je m'endormis, j'étais encore là-bas, tout près du soleil de Monédière, maison claire aux volets blancs.

Un flot de courrier m'attendait ce matin-là sur mon bureau. L'habitude voulait que d'un tri rapide je sépare les lettres dites habituelles et les autres. L'affranchissement plein tarif étant toujours le signe de sérieux. Une belle écriture fine, souple, un libellé bien encadré, une oblitération postale indiquant Saint-Tinsan, fit de cette missive la prioritaire. Qui pouvait m'écrire ?

La surprise fut de taille ! L'on m'apprenait que l'affaire de Monédière avait eu des rebondissements spectaculaires. Angèle n'avait pas commis l'acte criminel contre la maison des Paledise.

Comment Mauricette avait eu mon adresse ? Ce qui m'étonnait le plus, c'était sa belle écriture, jamais je n'aurais imaginé… Pourquoi me racontait-elle ce dénouement ?

Quelques jours plus tôt, le hasard m'avait conduit vers la maison de couture d'Isabelle… Le Minitel m'informa et je décrochai mon téléphone. Après quelques excuses pour ce dérangement, je lui dis que j'avais du nouveau sur l'affaire de Monédière.

« Et pour Rolland ? Savez-vous…

– Non, mais nous en parlerons de vive voix…

– Je suis impatiente. J'essayais de ne point trop penser, et voilà que…

– Je vous comprends. Allons au plus simple, êtes-vous libre demain soir ?

– Oui.

– Si vous permettez, je vous prends à votre travail. À quelle heure voulez-vous ?

– 20 heures ?

– Entendu.

– Merci encore et à demain. »

Je lus et relus la lettre de Mauricette. Je retrouvais son style dans le détail de ses phrases, mais je m'étonnais encore de sa merveilleuse écriture…

Paris dans le brouillard, dans le bruit de ses 20 heures, de gens pressés voulant rentrer chez eux, et d'autres recherchant une enseigne pour la soirée.

Je trouvai une place pour ma voiture ; j'attendis à une dizaine de mètres de la célèbre maison de couture : Chantal Worllège. Le temps s'écoulait ; 20 h 30… Je m'inquiétais. Je me dirigeai vers la boutique. Au même instant Isabelle Paledise sortit.

« Je suis désolée.

– Je vous en prie, vous êtes déjà pardonnée. » Très élégante, vêtue d'un trois-quarts de soie lavée gris souris sur un pantalon blanc, elle me suivit.

« Je vous emmène au Portail des prés bleus, vous connaissez peut-être ?

– Non, je ne vois pas.

– Et pourtant c'est tout près d'ici, très sympa, à moins que…

– Ce sera très bien ; merci encore. »

Dix minutes plus tard, nous entrions dans ce restaurant où notre table réservée attendait.

« C'est tout simple, mais nous serons bien pour bavarder. »

Elle acquiesça. Toujours aussi belle, plus détendue, mais je devinais des yeux interrogateurs. Un dîner léger fut commandé.

Me souvenant du problème de ses yeux, le soir du fameux orage, je lui demandai si tout allait bien.

« Depuis cet incident, l'iris de mes yeux est plus sensible, s'harmonisant au gré de la lumière ambiante. Si le ciel est très bleu, ils le sont aussi ; mais quand le temps est gris, ou bien la nuit, ils deviennent très clairs, presque gris perle, comme je dois les avoir en ce moment.

– Sachez que pour moi, même avant de vous connaître, et grâce à Rolland, vous aviez les plus beaux du monde, rien n'a changé, soyez rassurée, même si je vous l'ai déjà dit… »

C'est vrai, son regard était plus troublant encore. Mais… me disait-elle toute la vérité sur le problème de sa vue ? J'en doutais…

« Avez-vous eu des nouvelles de Monédière ? dis-je.

– Non, mon avocat s'occupe de la mission que je lui ai confiée. Qu'y a-t-il de nouveau ?

– J'ai reçu une lettre de Mauricette, vous la connaissez ?

– Oui, je m'en souviens.

– À ma grande surprise son courrier m'informe des choses suivantes. Premièrement, à la suite de l'emprisonnement d'Angèle, sa mère, quelques jours plus tard s'est rendue à la gendarmerie et a avoué être l'auteur de l'incendie !

– Mamie Garoche !

– L'affaire s'est compliquée car Angèle maintenait ses aveux. Donnant assez de détails plausibles, Mamie Garoche s'est retrouvée à la place d'Angèle.

– Je ne comprends plus.

– Angèle est donc revenue chez elle, mais la justice étant non satisfaite, l'enquête reprit. »

Isabelle était plongée dans ses réflexions.

« Mamie Garoche n'a pu faire cela, dit-elle ; cette maison lui a appartenu autrefois, ses parents y ont vécu.

– Protéger Angèle, voilà le seul but de cette femme, protéger sa fille…

– Peut-être une autre personne ?

– Exactement, un troisième personnage était intéressé et vous le connaissez…

– C'est votre deuxièmement ?

– Oui. »

Les yeux d'Isabelle me fixaient, inquisiteurs. Malgré cette insistance j'admirais ce regard qu'avait tant aimé Rolland Bassepierre.

« Quelqu'un vous a contactée pour vous acheter la maison de Monédière et plusieurs fois...

– André Garoche.

– Vous lui avez toujours refusé.

– Je ne voulais pas m'en séparer, c'est vrai. Son oncle m'a téléphoné à Paris pour appuyer sa demande. Il disait qu'il utiliserait de vieilles histoires contre moi, en les racontant à Rolland. Du chantage, du pur chantage.

– Je pense qu'ils n'ont rien dit, rassurez-vous.

– Je n'ai rien caché à Rolland, mais Fernand Garoche fut continuellement jaloux, et ce, dès le premier jour. Il voulait se venger, pauvre homme...

– Quelqu'un a vu André le jour de l'incendie. Sa voiture, garée très loin de Monédière l'a trahi ; à la campagne tout se voit. »

Isabelle, suspendue à mes paroles n'avait guère d'attention pour le dîner.

« Dites-moi tout, ne me faites pas languir !

– André est sous les verrous. Il est bien l'auteur de ce que vous savez.

– Pauvre Angèle, mais pourquoi s'est-elle accusée, pourquoi ?

– Tout simplement parce qu'elle a trouvé ces fameuses lettres, mises en évidence par une main criminelle qui, profitant de sa réaction de colère, a commis ce qu'Angèle n'aurait pu commettre : incendier la maison. Blessée, Angèle a utilisé la situation présente. Elle avait perdu Rolland ; elle vous rendait une fois de plus responsable. Alors, elle s'est permis de vous haïr en le criant bien haut.

– Comment a-t-on su pour André ?

– Un de ses neveux Paul, l'a vu entrer dans votre maison ce matin-là. André a acheté son silence avec un billet de deux cents francs… Paul a dix ans, c'est l'âge où l'argent vous brûle les doigts… Et les gendarmes ont été très curieux.

– Je suis triste pour tout cela ; mais je ne sais toujours pas pourquoi Rolland s'est donné la mort. Je ne peux oublier, chaque nuit le souvenir me fait très mal, je ne me le pardonnerai jamais.

– Je vous comprends mais il faut se changer les idées.

– Excusez-moi, je vais faire de mon mieux. Heureusement mon travail me prend presque nuit et jour. »

Isabelle ne posa plus de questions, son regard restait vague, ses gestes étaient lents, son sourire mélancolique. Puis elle dit, avec des sanglots incontrôlables :

« Mon soleil de Monédière ! »

Le dîner se terminait ainsi. Pour rompre la tristesse je lui dis :

« Parlez-moi de votre travail, si vous le voulez bien.

– Comme je vous l'ai dit, il me prend tout mon temps. Je prépare une présentation pour les Américains, qui me donne bien des soucis…

– Vous la présentez chez eux ?

– Oui, à New York dans un mois à peine. Nous avons du retard, bien des détails ne sont pas réglés.

– Il n'est pas trop tard pour une collection ?

– Avec ce groupe américain, c'est ainsi. L'opportunité se présente, nous y serons. Le marché de la haute couture subissant actuellement un sensible recul, nous ferons tout pour redresser la barre…

– Je ne connais pas le monde de la couture, à part ce que je lis sur les quelques revues de mode qui me tombent sous la main.

– C'est un monde merveilleux et dingue à la fois », dit-elle dans un éclat de rire.

Enfin elle souriait, se décontractait.

« Je vous invite à ma prochaine collection, promis ?

– Pour moi c'est d'accord.

– Mais au fait, je ne sais même pas ce que vous faites dans la vie, monsieur Orlan ?

– Devinez ?

– Impossible, dites-moi. »

Son attitude naturelle réapparaissait petit à petit. Je lui fis part de mes activités qui la surprirent.

Nous allions terminer le dîner, déjà 11 heures.

« J'allais oublier, me dit-elle, la maison d'Angèle sera prête au printemps.

– Elle revivra, c'est l'essentiel !

– Vous rappelez-vous le trésor ?

– Bien sûr.

– La lettre qui l'accompagnait est toujours en ma possession. J'ai vérifié aux États-Unis, la société existe encore… »

J'observais, curieux de la suite.

« Sans vous, je n'aurais jamais su, n'est-ce pas ?

– Certainement !

– Voici ce que je vous propose. »

Elle marqua un temps d'arrêt.

« Je viens de prendre une grande décision : je vous emmène tous les deux, votre épouse et vous-même aux États-Unis. Ce sera votre baptême du feu pour la collection, et nous prendrons contact avec ces Américains fort généreux avec notre Fer à cheval !

– C'est une idée magnifique mais…

– La maison Chantal Worllège peut vous offrir ce voyage, et j'en serais ravie, acceptez ! »

Il n'y avait rien à dire, rien à ajouter. À partir de ce moment, je devinais Isabelle Paledise libérée, détendue, heureuse de l'initiative.

Je l'accompagnai jusqu'à sa voiture. Un dernier coup d'œil chez Chantal Worllège… Le hasard voulait que je connusse la haute couture !

Là-bas, à Monédière, la boîte de la nuit avait dû se refermer aussi ; et lorsque je m'endormis ce soir-là, je pensais aux deux grands sapins qui veillaient ensemble, sous le vent.

Le voyage fut magnifique. Nous fûmes jetés dans le continent Américain, au sein d'un groupe de haute couture, et quelle maison !

New York me parut immense, dans toutes ses dimensions, peut-être trop immense même… Des couleurs, des bruits, des odeurs, la vie débordante de partout. À quelques centaines de mètres de Central Park, dans la troisième avenue, le William's Reeve Hôtel accueillait le groupe Chantal Worllège. La presse spécialisée accaparait Isabelle, débordée par les préparatifs.

Vérifiant chaque détail, contrôlant chaque mise en scène, éclairages et fonds sonores, elle s'imposait naturellement, elle était le grand patron. Nous vivions la collection dans toute sa préparation, parmi les mannequins et les habilleuses, au dix-huitième étage. Deux jours pour être fin prêt, moi qui pensais que tout était préparé d'avance !

L'heure qui précéda le grand moment fut intense ; douze mannequins pour trente-deux modèles ! Coiffeurs et maquilleuses ne chômaient pas. L'on rejoignit nos places pour le défilé, deux places soigneusement choisies par Isabelle. J'eus à cet instant une pensée pour Monédière… Mais la musique et les éclairages envahirent l'espace. Les amis, les clients, la presse, je découvrais alors tous ces gens qui n'avaient d'yeux que pour ces déesses défilant sur l'estrade centrale.

Isabelle présentait, commentait. Magnifique, sûre d'elle et de son œuvre. Les flashes crépitaient ; plus le défilé avançait, plus les applaudissements redoublaient. Les modèles obtenaient un succès certain ; la collection suscitait l'intérêt et l'enthousiasme. Ma femme et moi adorions. Les formes, les couleurs dans une ambiance formidable, inconnue à ce jour. Isabelle grande créatrice, dominait l'événement. Chantal Worllège avait vu juste !

Le dernier passage, et la foule acclama les mannequins qui entouraient et félicitaient Isabelle. Je me sentais bien petit, je ne bougeais pas de ma place, figé. Un triomphe ne se partage pas, mais le vivre est déjà un privilège.

La présentation terminée, un cocktail nous attendait dans un salon voisin. Nous étions vraiment comblés. Isabelle vint vers nous, radieuse.

« Je voudrais vous présenter… »

Je fus très étonné.

« Suivez-moi. »

Nous fîmes quelques pas, puis elle s'adressa à cet homme qui la regardait. Isabelle resplendissante, plus belle que jamais lui dit :

« Vous êtes monsieur Kimbell ? De la Morgan Kimbell Compagnie ?

– Rutherford Kimbell, puis-je savoir ?

– Certainement. Je vous présente mes amis, venez nous allons bavarder. »

Nous nous installâmes dans un salon privé. Elle reprit :

« Tout d'abord, merci d'être venu ; mais j'attendais M. Stephen Kimbell.

– Mon père n'a pu se libérer, il vous présente ses excuses…

– Ne vous inquiétez pas. Vous souvenez-vous de M. Auguste Féracé ? »

L'homme cherchait désespérément.

« Je ne vois pas, j'ai beau réfléchir.

– Comment savez-vous si bien notre langue ?

– Mon père a voulu que je parle le français aussi bien qu'un Français. Mais vous m'intriguez.

– Votre père se souviendrait sans doute qu'un jour où vous étiez en France, à l'âge de douze ans, un homme vous a sauvé de la noyade… »

À cet instant il se retourna vers moi.

« Ce n'est pas vous ?

– Non, ce n'est pas possible.

– Effectivement ce ne peut être vous, mais alors dites-moi… Je ne comprends pas. »

Isabelle dirigeait bien les opérations, sans précipitation. Elle ne m'avait soufflé mot de la présence de cet invité, M. Kimbell était donc le petit Rutherford sauvé à Moulins, étonné, embarrassé même.

« Comment avez-vous su ? Vous êtes de sa famille ?

– Nous ne sommes pas de sa famille, il n'en avait pas je crois, mais il avait des amis. C'était un homme digne, honnête et généreux. En quelques mots, voici son histoire, qui par hasard, s'est mêlée à la vôtre, un jour de mars à Moulins, en France... »

Elle se remémora l'histoire comme si elle l'avait vécue. M. Kimbell écoutait, très calme.

« M. Auguste Féracé reçut cette lettre de votre père ; il l'a conservée comme un trésor. Auriez-vous la gentillesse de bien vouloir la lui remettre ?

– Certainement, dit-il, embarrassé. Je regrette qu'il ne soit pas là. Je la lui transmettrai ce soir même, je vous le promets. »

Rutherford Kimbell semblait ému.

« Vous pouvez la lire », dit Isabelle.

Et Rutherford, délicatement, déplia la feuille de papier vieilli, tandis qu'Isabelle continuait :

« Auguste a conservé toute sa vie ce courrier et les pièces d'or que lui avait données votre père. Il meurt sans y toucher, mais il a confié le secret à une personne, comme un cadeau de mariage...

– C'est un roman...

– Mais la suite est plus triste, hélas...

– 28 mars 1950 ! reprit Rutherford, le temps a passé si vite... »

Il lut et relut la promesse de Stephen Kimbell à Auguste Féracé.

« Que reste-t-il de mes douze ans ? Une lettre resurgie du pays de France, grâce à vous, c'est extraordinaire ! »

Puis Rutherford Kimbell s'excusa et prit congé, comme bouleversé, en ajoutant :

« Nous nous reverrons ; merci encore pour cette soirée inoubliable. »

Nous étions tous trois pensifs.

« Quelle surprise vous nous avez faite !

– Cette histoire vous appartient aussi… »

Elle s'approcha tout près de nous, nous embrassa.

« Je voudrais que vous soyez mes amis », dit-elle… Et elle se mit à pleurer.

« Vous êtes le lien qui me rattache à Rolland… »

Puis la porte s'ouvrit brusquement :

« Tout le monde vous réclame et vous cherche, venez Isabelle, venez… »

Une foule bousculait, réclamait, envahissait !

« Nous vous disons à demain, vous vous devez à eux, encore bravo ! »

Isabelle fut happée comme une star, et nous, nous disparûmes discrètement.

Nous prîmes un taxi qui nous promena dans Manhattan, cette île exiguë où vivent un million et demi de personnes, d'après les guides touristiques, et où les taxis sont jaunes.

Le lendemain matin, le petit déjeuner nous attendait, auquel était joint un message d'Isabelle. M. Stephen Kimbell, dans l'impossibilité de se déplacer, avait insisté pour la rencontrer avant son retour.

Le départ de l'équipe Chantal Worllège était fixé à 12 h 40, heure locale. Derniers regards, derniers préparatifs, la tête dans les nuages. Cité gigantesque, énergique et créatrice. Impossible d'admirer l'œuvre de nos compatriotes Bartholdi et Eiffel, seulement les tours jumelles, et de loin encore.

Quelques souvenirs achetés à Macy's, l'un des plus grands magasins du monde, et la tête pleine d'images de cette foule qui se bouge en baskets. Mais par manque de temps, nous n'irions plus loin dans la visite de ce véritable kaléidoscope qu'est New York.

Arrivés à l'aéroport, nous fûmes rejoints par Isabelle courant toujours après le temps. Dans le Boeing d'Air France, 8 heures à passer pour rejoindre Paris. Le temps de raconter…

Tandis que l'Amérique s'éloignait, Isabelle Paledise nous rapporta l'entrevue avec Stephen Kimbell.

« Cet homme fut bouleversé. Veuf depuis huit ans, c'est Rutherford qui préside aux destinées de l'entreprise, divorcé avec deux enfants.

– Bel homme Rutherford !

– Je suis de votre avis, mais ce n'est pas mon type. Pour revenir à son père, il fut très étonné que je sois en possession de cette lettre. J'ai dû lui raconter toute l'histoire. “Il n'y a qu'en France qu'il se passe de telles choses", m'a-t-il dit, puis il a ajouté :

"Que puis-je pour vous ?

– Je ne désirais que vous rencontrer, pour vous remettre le document et vous dire que j'ai un petit trésor en or qui vous appartient."

Stephen Kimbell essuyant une larme :

"Je faisais partie des troupes qui débarquèrent en France, et depuis j'adore votre pays, j'ai appris votre langue, et voilà aujourd'hui comme une récompense, je regrette que ma femme ne soit plus là... Tous les trois ou quatre ans, nous venions à Paris et dans différentes régions, surtout en Bretagne, en Normandie, en Auvergne et dans le Bourbonnais.

Mais aujourd'hui voyez, je suis ennuyé de ne pas connaître ce hameau que vous m'avez si bien décrit. Ce cher monsieur... comment déjà ?... Féracé, oui Auguste Féracé, j'aurais dû le récompenser différemment mais...

– Ce trésor, car ce fut un trésor auquel il n'a jamais touché, fut pour lui un signe de reconnaissance, un grand honneur, le rassurant dans sa condition humaine.

– Pour moi, ce sera une leçon, et quel bonheur qu'elle me vienne de France. Rutherford et moi, nous reparlerons de tout cela. Si vous le voulez, reprenez la lettre comme souvenir, mais quel dommage..." »

Isabelle continuait de nous donner tous les détails de cette rencontre, bouleversée chaque fois que Monédière était cité.

« Mais l'histoire n'est pas achevée, je le pressens », dit-elle.

Puis le voyage se poursuivit ; la réussite de sa collection rendait Isabelle radieuse et sereine, heureuse aussi de nous avoir ravis. Je conserverai de ce périple des images fortes, aux dimensions démesurées, aux couleurs agressives, émotions intérieures indicibles. Nous avions foulé le sol de New York, vibré dans la surprise de la haute couture, et quand le Boeing d'Air France se posa sur l'aéroport Roissy Charles de Gaulle, deux sentiments se confondirent : la joie de retrouver notre pays, les nôtres, nos villes aux rues tortueuses, et un regret cependant… Il y avait en Amérique des gens formidables… mais qui en doutait ?

Ainsi se termina notre voyage. Un journal newyorkais saluait la haute couture française. À la une, Isabelle Paledise, « l'épingle d'or » de Chantal Worllège à la conquête de l'Amérique ! Je pouvais dire de l'événement : « J'y étais ! »

Chacun reprit ses habitudes. Le trop-plein de certains jours, le vide parfois des autres. Mais à Monédière, que se passait-il en cette fin octobre ? J'imaginais les couleurs d'automne envahir les bois, les haies. Puis novembre déshabillerait la nature ; les sentiers détrempés dissimuleraient leurs ornières sous les couches des feuilles mortes, orphelines. Au chemin des chevaux fous, le vent murmurait sans doute son inlassable complainte mêlée aux échos étranges de la chevauchée fantastique… Ainsi allait ma pensée…

Je décrochai le téléphone et reconnus la voix d'Isabelle.

« J'ai deux nouvelles, me dit-elle.

– Bonnes j'espère ?

– L'une concerne Monédière et la deuxième MM. Kimbell !

– Nous serions heureux de vous recevoir, venez ce soir chez nous, si vous le pouvez…

– J'accepte, je crois que j'ai besoin de parler…

– À ce soir. »

Témoin privilégié, je suivais les événements. Le hasard m'avait placé sur cette route et je ne m'en plaignais pas. Je me sentais plus riche désormais de relations humaines. Isabelle avait eu confiance, c'est vrai. Dépositaire de confiance : voilà le mot juste !

La télévision nous rabâchait les mêmes informations : l'URSS n'existait plus, massacres en Croatie, etc. L'on mourait toujours quelque part pour la conquête de la liberté, et le racisme s'emparait même des braves gens. Notre président parlait de « sinistrose ». La coupe Davis nous ravissait encore et les futurs jeux olympiques d'hiver de Savoie préoccupaient les organisateurs.

Et nous, nous reparlerions de Monédière ! Isabelle Paledise arriva chez nous plus tard que prévu.

« Je n'arriverai jamais à l'heure…

– Vous êtes quand même la bienvenue. »

Merveilleuse dans son trois-quarts rouge sur un ensemble de lainage soyeux noir, l'épingle d'or de Chantal Worllège portait un masque de mélancolie sur son visage.

Au fil du dîner, la conversation justifia cette sensation. Angèle Garoche refusait le don de la maison.

« J'ai commis une erreur, Angèle a du caractère, et de l'amour-propre, c'est une fille bien !

– Les travaux ont-ils commencé ?

– Les plus importants oui, c'était nécessaire avant l'hiver.

– Vous avez bien fait.

– Je ne sais pas ce que je vais en faire désormais…

– Laissez passer un peu de temps, rien ne presse.

– Vous avez raison, rien ne presse maintenant.

– N'aviez-vous pas une autre nouvelle ?

– Si, elle arrive de New York, M. Rutherford Kimbell veut me rencontrer à Paris pour affaires très importantes.

– Ils veulent acheter la maison Chantal Worllège et sa directrice ? »

Isabelle éclata de rire.

« Les Américains sont ambitieux, mais tout de même ; la Morgan Kimbell Compagnie à d'autres chats à fouetter !

– Que font-ils exactement ?

– Ils fabriquent du matériel anti-feu : extincteurs et vêtements de protection. Leur dernière invention leur apporte des devises importantes avec les suites de la guerre du Golfe : la mise au point d'un tissu à base de matière non combustible, plus léger et plus souple que l'amiante traditionnel.

– Vous êtes bien renseignée.

– M. Stephen Kimbell m'a informée de cette invention, le fleuron de leur affaire. Les Américains aiment raconter les choses de l'argent, au contraire des Français.

– C'est vrai, nous sommes coincés sur le sujet.

– Rutherford Kimbell souhaite me voir, courant semaine prochaine, à Paris, mandaté par son père…

– Il veut vous emmener, je sais qu'il est amoureux de vous…

– Ce n'est pas réciproque.

– Sait-on jamais…

– Je n'ai eu et n'aurai qu'un seul amour, vous le savez bien.

– Rolland !

– Oui Rolland. Rolland qui n'est plus, et moi qui ne sais pas pourquoi… »

Il n'y avait pas de réponse et je devinais que ses yeux se mouillaient.

Nous avons parlé d'autre chose, mais je savais qu'elle était quelque part, là-bas, sous son soleil... Puis New York revint au premier plan. Que de clichés, que de souvenirs.

Nous nous quittâmes tardivement, mais je sus qu'elle avait de graves problèmes aux yeux. Puis, seuls, nous supputâmes sur les inventions de Stephen Kimbell.

Novembre nous mouillait avec sa pluie et ses brouillards. Pas de nouvelles de Mauricette. Je l'avais remerciée en lui envoyant le journal de New York. Tout Saint-Tinsan devait savoir. Les semaines de novembre sont parfois tristes dans les campagnes vides de ses estivants.

La maison de nos vacances aux volets fermés attendait les soleils à venir sous son toit bleu et froid, privée des orages d'été si terribles et passionnants à vivre. Les haies des jardins n'étaient plus que des grillages ; les dernières cultures potagères, gelées dès les premiers froids, s'affaissaient en loques pitoyables et molles sur le sol. J'imaginais un arbre craqué, fendu du haut en bas, tout près de chez Rolland Bassepierre.

Isabelle Paledise raconta la visite de Rutherford Kimbell. Venu pour affaire... pour la voir. Son intention était simple : touchée par sa démarche à New York, la famille Kimbell cherchait à combler ce vide de l'histoire Féracé. Pour eux le puzzle n'était pas complet. Ayant négligé de prendre des nouvelles de M. Auguste, se sentant coupable dans un coin du cœur, Isabelle restait la seule destinataire possible de quelque reconnaissance. Elle ne l'admettait pas.

Rutherford Kimbell lui proposa d'acheter sa maison de Monédière. Refus total.

« Achetez la propriété des Bassepierre, avança alors Isabelle. Il n'y a pas d'héritiers intéressés.

– Pourquoi pas, mais pourquoi faire ?

– Restaurez la ferme, les bâtiments anciens ont un cachet certain.

– La voulez-vous ?

– Ne vous croyez pas obligé de… »

Après bien des recherches, enfin une perspective !

Isabelle riait…

« Ils veulent acheter la propriété de Rolland, la restaurer, et l'offrir à la commune pour y installer un musée.

– C'est une idée géniale !

– Imaginez les tracasseries administratives…

– Un musée de la ferme, ou plutôt un écomusée, voilà qui assure à Monédière un avenir intéressant.

– Le projet est bien arrêté ! Rutherford Kimbell et son père réalisent un vieux rêve. »

L'enthousiasme de ces Américains ne faisait aucun doute, malgré tous les problèmes à régler : les voisins, les organismes agricoles, la mairie... Isabelle leur donna toutes les adresses possibles, les informations nécessaires pour les premiers contacts.

« Ce n'est pas réalisable, disait-elle, c'est un fou ! »

Quant à sa maison, elle la garderait, point fâchée de la conserver.

Voilà les confidences que me fit Isabelle Paledise dans un café des Champs-Élysées. Puis elle ajouta pour conclure :

« Qu'en pensez-vous, sincèrement ?

– Dans le cas contraire, qui prendra la ferme de Rolland ? Les Garoche ? Sûrement pas... Bien des campagnes se meurent lentement hélas. Je n'ai pas la solution, et vous ?

– Je garde ma maison, peut-être en aurai-je l'utilité plus tard, c'est tout. Et je pense à Rolland, à ses parents... »

Nous nous embrassâmes sur ces derniers mots.

Quelques semaines plus tard, je dus me rendre à Clermont-Ferrand. Une irrésistible envie me tiraillait l'esprit : aller, ne fût-ce qu'un instant à Monédière. Je fis donc le retour par Saint-Tinsan, en cette deuxième semaine de décembre. La météo annonçait un froid sec, avec léger brouillard. J'arrivais à

Monédière vers 10 heures du matin, étant parti très tôt de Clermont-Ferrand.

Paysages de décembre, arbres sans feuilles, vent froid et vif sur mon visage. La campagne semblait plus grande et le hameau plus petit. J'arrêtai ma voiture assez loin et marchai lentement. La maison de Rolland m'apparut recroquevillée, toute triste, fermée. Celle de mes vacances n'attendait personne. Une fumée bleue s'échappait des maisons des Garoche, seul lieu de vie maintenant. Je vis le châtaignier…

Le sol gelé, dur, agressif ! La maison aux volets blancs souffrait encore de sa blessure, sous un toit neuf. J'observais en silence. Attiré par la maison de Mamie Garoche, j'allais frapper à la porte lorsqu'elle s'ouvrit.

« Nous ne pensions pas à vous, monsieur, mais entrez vous réchauffer un moment. »

Elle m'accueillit près du feu de cheminée. Toujours la même : la blouse, les gestes similaires, et la même façon de s'asseoir sur sa chaise. Sa fille n'était pas là. Elle me confia ses soucis de famille, les revirements de cette affaire et me dit que la propriété des Bassepierre était en vente. Un notaire s'occupait de tout cela. Puis :

« Que de tristesse, *Moun Diou*, que de tristesse ! »

Nous parlâmes de tout, même d'Isabelle. Près du feu, deux chiens se tenaient tranquilles, après m'avoir eux aussi accueilli.

« Vous les reconnaissez ?

– Oui, là le vôtre et Bom's, vous l'avez adopté ?

– Angèle a voulu, dit-elle dans une attitude triste et songeuse. Puis avec l'hiver, ça fait un peu plus de compagnie. Reviendrez-vous l'été prochain ?

– Je ne sais pas encore.

– Avec tous ces événements, vous avez passé de piètres vacances, monsieur Orlan.

– Je me suis attaché à Monédière plus que vous ne pensez, et à vous tous aussi.

– Vous allez peut-être acheter la…

– Je voudrais que je ne le pourrais comme on dit ! Vos enfants vont bien ?

– Oui merci, mais avec ce froid, les petits ne traînent pas dehors. »

Quelques politesses et je quittais ce visage marqué, aux fines lunettes avec un verre opaque qui me gênait tant. Un châle supplémentaire jeté sur les épaules, ajoutait à ce personnage du mystère, de l'énigmatique. Je m'arrêtai une minute devant chez Rolland.

J'imaginais alors les aménagements possibles, la restauration des constructions, des dépendances… Grâce à Fer à cheval, une idée fantastique venait de germer, là…

Sous les ramures nues et tourmentées de la treille, la maison de Rolland se préparait sans le savoir à renaître. Je rejoignis ma voiture, tandis que des merles marquaient de leurs tâches noires les haies des jardins vides ; ici, la nature sait se reposer pour revivre chaque printemps dans un épanouissement total, dans le bouillonnement des sources retrouvées.

Un dernier regard vers le châtaignier gelé jusque dans son cœur, et je repris la route pour Paris. La radio me tint compagnie. L'empire de l'URSS se démantelait, mais le nouveau président de Russie avait fort à faire. L'hiver serait dur, pour tous ces hommes et femmes, peut-être au bord de la pénurie alimentaire. L'Europe, l'Amérique envoyaient déjà des tonnes de denrées. 1991 ne serait pas une année comme les autres…

Le printemps vint. Le projet de la ferme écomusée fut discuté au conseil municipal de Saint-Tinsan. La préfecture donna un accord mitigé, mais le conseil général ratifia le projet, dont le coût incombait aux Américains. L'entretien de ce patrimoine reviendrait à la commune, le département et la région.

Il fut décidé que le lycée agricole du département assurerait une grande part des cultures des terres. Les journaux locaux soulignèrent à la une les faits. Les paysans s'interrogeaient, un musée ou une ferme modèle ? Mille questions, mille hypothèses. Ce serait un écomusée.

Tandis que la Savoie accueillait les athlètes olympiens, une épidémie de grippe survint dans le pays. Mamie Garoche fut très atteinte, son cas fut jugé désespéré.

« Je ne puis rien faire de plus, dit le docteur Douval, seul un miracle… Il faut espérer. »

C'est alors qu'une nuit, tandis qu'Angèle veillait sa mère au plus mal, celle-ci lui fit la confidence terrible de sa vie.

« Ma fille… il faut que tu… saches… Rolland était… ton… frère… pardonne-moi… mais… »

Ce furent les derniers mots que prononça Mamie Garoche. Victime d'hémiplégie, elle resta muette et handicapée du côté droit, mais libérée du secret qu'elle n'avait pu confier à sa fille jusqu'alors.

Angèle fut malheureuse de cette révélation, la subissant comme une chape de plomb sur son destin. Mais elle s'occupa de sa mère, peut-être mieux qu'elle ne l'aurait fait auparavant, puisant dans des regards inutiles et longs, des réponses qui ne viendraient plus.

À quelques pas de là, la maison d'Isabelle redevenait belle, plus jeune sous un toit neuf. Suite aux instructions de sa propriétaire, le paysagiste modifiait l'implantation du jardin. Les tapisseries intérieures devaient être également renouvelées.

La transaction immobilière franco-américaine avançait lentement. La Morgan Kimbell Compagnie acquerrait la propriété des Bassepierre. Le seul cousin de Rolland, Denis Moral, de Galassière et seul héritier perçut à ce titre quelques milliers de francs.

À Paris, un drame se préparait, sournois. Isabelle Paledise entra à la clinique du professeur Verron. Au problème de la décoloration de l'iris, un autre danger plus grave se présentait. Le diagnostic s'avéra terrifiant : dégradation progressive de la rétine, victime de la maladie de Warlitberg, qui hélas, ne se guérit pas. Au meilleur cas, l'on peut ralentir sa progression.

C'est au cours d'une rencontre avec Isabelle que nous parlâmes de toutes ces choses. La vérité sur le lien unissant Rolland et Angèle l'avait profondément choquée.

« Peut-être est-ce cela qui a poussé Rolland vers ce geste de désespoir ?

– Il y a des choses bien difficiles à dire. Vous connaissez une partie de la vérité. Au nom de la confiance qui règne entre nous et l'amitié même, je vais vous confier ce qu'Angèle ne sait pas et qu'elle ne saura sûrement jamais… »

Et je lui racontais la vérité sur l'envoi de la lettre de Mme Garoche à Rolland.

Isabelle pleurait doucement, vaincue par la vérité implacable. Que de regrets… Elle comprenait

Mamie Garoche, Angèle et tout le reste sauf l'incendie de sa maison, geste criminel et lâche.

« Ma vie sentimentale restera un échec. Ma punition arrive lentement mais sûrement.

– Nous subissons parfois plus que nous ne décidons dans l'existence. La roue tourne et l'espoir doit renaître chaque fois que le soleil se lève.

– C'est facile à dire…

– Un autre bonheur viendra pour vous, la vie ne s'est pas arrêtée là. »

Je devinais tant de lassitude chez Isabelle, que je ne trouvais plus les mots.

Puis nous reparlâmes de la ferme de Rolland, du projet. Elle souhaitait, le cas échéant, qu'Angèle soit nommée responsable, employée par la commune, pour animer l'écomusée. Elle en informerait Kimbell pour appui.

Quelques semaines plus loin, Isabelle m'apprit qu'elle avait eu de longues conversations téléphoniques avec Angèle. Elle avait appelé la première. Lors de cet appel l'accueil fut glacial. Angèle l'accablait de tous ses maux ; mais petit à petit la haine s'estompa, et la patience d'Isabelle fut récompensée.

« L'amitié d'Angèle m'est nécessaire, je souhaiterais que nous devenions de vraies amies désormais. Elle a refusé la maison que je lui offrais, c'est bien ainsi. »

Ses yeux alors plongeaient dans le vague : ses beaux yeux couleur de ciel gris et de mer, de tristesse infinie…

« Je dois retirer des paroles prononcées un jour, car je retournerai à Monédière, vers mon soleil, tant de choses m'appellent là-bas. »

Je gardais le silence.

« J'oubliais de vous dire : Stephen Kimbell m'a proposé ceci, lorsque j'ai voulu lui rendre les pièces d'or de Monsieur Auguste : il désire que ces pièces soient coulées dans un bloc translucide, un linteau scellé dans le mur du futur musée, au-dessus de la porte principale. À proximité, ces quelques mots : "Le courage mérite mieux que tout l'or du monde, un homme d'ici me l'a prouvé !"

– Quel hommage fantastique, venu de si loin…

– Oui, un jour, un Américain débarque en Normandie en juin 44, dans des circonstances que l'on peut imaginer. Depuis lors, il aime la France, la visite régulièrement avec sa famille. Puis c'est l'accident stupide à Moulins. Auguste Féracé sauve cet enfant… La récompense non consommée fait de cet homme un héros encore plus grand aux yeux des Américains.

– Le fil de cette histoire dormait au creux d'un mur, derrière un porte-bonheur.

– Sans vous… Je voudrais que vous acceptiez ceci : dans ma maison que vous aimez, sans y être jamais entré, une pièce vous sera réservée, à vie. Vous y serez toujours le bienvenu. »

Il arrive parfois des choses merveilleuses... Ce hameau, point de chute où nous avions choisi de passer un séjour agréable, scintillait dans ma pensée, projetant des rayons lumineux dans maintes directions.

VII

L'hommage de Stephen Kimbell

Au mois d'août suivant, nous visitions la Côte d'Azur dans un été plein de soleil. La mer si belle et bleue baignait les calanques ocre. Quand la nuit nous prenait dans son souffle frais, nos yeux s'amusaient à refaire les images brisées, dans les reflets tremblants de la Baie des Anges.

Nous étions bien loin des vallées vertes de notre Cantal. Reçus par nos amis de Saint-Paul, nous nous étions éloignés volontairement de l'Auvergne cette année-là. Avant notre départ, nous avions reçu un appel téléphonique nous priant de passer sans faute à Monédière. Nous prîmes l'engagement de nous arrêter une journée ou deux chez notre hôte, sur le chemin du retour.

Nous arrivâmes vers 14 heures à Monédière. Sensation étrange, brutale, déroutante. Retrouver le livre ouvert, y pénétrer encore sur la pointe des pieds pour tourner peut-être une page, écrire une ligne de plus, corriger une impression, supprimer une virgule…

Il faisait très chaud sur le chemin poussiéreux. La nature somnolait, vêtue de sa parure estivale. Les enfants Garoche jouaient, ils avaient grandi. Deux chiens aboyèrent. Les abeilles voletaient, les moustiques dansaient en grappes, quelques fils de soie se promenaient dans l'espace, signe de beau temps… Puis les silhouettes des maisons m'apparurent. Mon regard s'accrocha irrésistiblement sur celle de Rolland, silencieuse, inchangée, mais sans vie, sans cette vie des choses coutumières de la campagne.

Seuls les volets n'étaient pas tirés. La treille reverdie obstruait les fenêtres. Plus loin le châtaignier offrait son squelette meurtri aux indiscrétions. La Mercedes blanche stationnait devant la belle demeure.

Dès notre arrivée, Isabelle nous accueillit tous deux, nous embrassant affectueusement. Sa beauté me troublait toujours autant…

« Merci d'avoir répondu à mon appel, j'avais besoin de vous voir tous deux ici.

– C'est nous qui vous remercions, nous n'avions pas envisagé de revenir à Monédière cette année.

– La vie ne nous comble pas toujours et bien des projets ne se réalisent pas, d'autres naissent…

– La restauration est réussie, même le jardin, déjà fleuri… dans sa nouvelle conception !

– J'ai aimé les fleurs toute ma vie, mais ici, c'est encore autre chose, une liberté, une autre façon de les voir vivre ; un jour peut-être je ne les verrai plus.

– Il faut garder espoir ! »

Je vis alors une immense tristesse envahir Isabelle, qui se ressaisit rapidement.

« Nous ne nous sommes pas revus depuis mars...

– Comme le temps passe.

– Il ne passe plus comme d'habitude maintenant... »

Nous nous installâmes dans le séjour. Les volets entrouverts laissaient filtrer un rayon tiède qui trouait la fraîcheur de la pièce. Meubles anciens, vieux fauteuils confortables, napperons de broderies blanches sur les tablettes et étagères. Posé sur le guéridon, un bouquet de fleurs des champs, mêlées de verdures cueillies dans les broussailles. Un bien-être doux, affectueux.

Tout près, trois lettres venant d'Amérique, de la Morgan Kimbell Cie.

« J'ai voulu vous recevoir tous les deux ici pour bavarder. Je suis retournée à New York. M. Kimbell m'avait recommandée à un professeur, pour mes yeux. »

Après un silence embarrassé :

« Je suis en traitement, mais je dois vous dire que je n'ai aucun espoir de guérison. Le violent orage, l'éclair terrible… vous vous souvenez ? Cet incident a accéléré le processus de dégradation de ma rétine. Déjà ma vue a fortement diminué.

– Je crois qu'il ne faut pas…

– Désolée, n'en parlons plus, c'est ainsi. Je prépare mon avenir différemment », dit-elle en souriant.

Un pantalon de toile écrue, un large pull de coton vert pâle lui suffisaient pour être d'une élégance parfaite.

« Alors ce musée, où en est-il ?

– Il va exister. La propriété de Rolland va connaître un destin fabuleux. La Kimbell Compagnie a déposé une forte somme en banque pour les travaux. Les dons affluent, chacun veut offrir une pièce rare, petite ou grande, des outils anciens…

– M. Kimbell ne désire-t-il pas venir sur place ?

– Ils viendront peut-être, mais l'essentiel, m'ont-ils dit, c'est la réalisation du projet. Le héros est M. Auguste et il le restera.

– Étrange destinée !

– Je vous annonce par ailleurs que je vais vivre à Monédière, vous êtes les premiers informés. »

Nous restions bouche bée.

« Vous quittez Chantal Worllège ?

– Pas de gaieté de cœur, mais les circonstances… Je veux vivre ici, et de plus Angèle est devenue mon amie. Et ce sera bon pour mes yeux de vivre loin des lumières des ateliers, loin de la vie trépidante de Paris... »

Après le choc de ces nouvelles, Isabelle Paledise nous parla de Rolland. Depuis sa mort, elle n'avait pensé qu'à lui. Elle mesurait la peine, l'attente de cet homme qui lui avait consacré presque toute sa vie d'homme, à l'attendre, et à qui elle croyait avoir donné si peu en échange.

Mais Rolland pur et dur paysan, au caractère fort, avait peut-être perdu espoir un jour.

Angèle avait capté ce cœur solitaire au moment fragile. Le drame avait surgi alors qu'une aube nouvelle se levait. Mamie Garoche avait livré son secret.

Il ne restait que deux femmes ayant aimé le même homme, et depuis très longtemps, au travers d'une saga, comme il en existe tant d'autres de part le monde, mais celle-ci appartenait à ce hameau : Monédière.

« Rappelez-vous, j'appelais cette maison : “Mon soleil de Monédière”. Il le restera pour longtemps j'espère, jusqu'à ce que mes yeux ne voient plus, et même au-delà. Rien ne m'empêchera d'y consacrer le restant de mes jours. Vous viendrez de temps en temps n'est-ce pas ?

– Nous ne pourrons faire autrement. C'est un peu notre terre, le pays. Nous vous emmènerons dans les environs, dans les champs, les prairies, les bois où tant de souvenirs flottent dans les brouillards matinaux. Le ruisseau de Trousse-bois, où Rolland apprit à votre frère à pêcher à la main, nous attend. La fontaine n'a pas bougé, seuls les arbres ont grandi. Et puis un soir, au bord du crépuscule nous irons tous au chemin des chevaux fous ; nous écouterons, mêlés au vent, les hennissements des bêtes emballées qui cherchent encore leur route... d'après la légende de Fer à cheval. »

Ce hameau me prenait tout entier dans son histoire ; je l'aimais, nous l'aimions.

Plus loin, à une vingtaine de mètres, la maison des Lavex qui nous avait accueillis, vivait de sa pleine lumière, de toutes ses fenêtres aux regards tranquilles. Je la connaissais dans sa pierre et dans son intimité, où j'avais dormi des nuits calmes et des nuits d'orages.

Dans l'après-midi où le temps s'en allait, Angèle nous rejoignit, tandis que je retrouvais dans ma mémoire les récits de Rolland, « le jamais rasé ». Elle nous embrassa et se mêla à la conversation. Isabelle souriait. Il y avait un voile de paix et de sérénité revenu.

Nous sortîmes tous les quatre, Bom's nous fit la fête et nous suivit. Contournant la ferme de Rolland, nos amies exposèrent les perspectives des futurs travaux. J'étais surpris et ravi de leur entente.

Demandant des nouvelles de Mamie Garoche, Angèle me pria d'entrer chez elle, pour la saluer.

Elle ne quittait plus son fauteuil roulant. Son regard, toujours le même, derrière ses lunettes à fines montures nous reconnut bien sûr. Un rictus déformant sa bouche, lui interdisait de sourire. Elle semblait heureuse de nous voir, même si aucun son ne franchissait ses lèvres. Mais une larme coula, lorsque nous la quittâmes, après cette visite trop rapide.

Nous allions tous les quatre sur le chemin tiède qui nous emmenait vers le haut du village. Un tracteur nous croisa, tirant sa remorque où deux enfants nous dirent des bonjours à n'en plus finir. Le conducteur, lui, baissait la tête. C'était Fernand Garoche.

Du village, de Saint-Tinsan, d'un peu de tout, même de Mauricette nous parlions. Le futur musée n'occupait plus la conversation. Nous étions aux choses douces et belles. Des nuages couraient dans le ciel, comme d'habitude. Les passereaux gazouillaient dans les buissons décorés de mille fleurs sauvages.

Soudain je repensai à New York. Pourquoi ? Allez savoir. Je revoyais la foule, la cohue, les immeubles touchant le ciel, les taxis jaunes... Pourtant nous étions si bien ici. Nous nous arrêtâmes à la source, et bûmes l'eau froide dans nos mains.

Isabelle et Angèle, calmes, sereines et souriantes, consommaient le temps au gré des phrases, au gré de leur sourire retrouvé. Puis le silence nous envahit comme une paix qui nous pénètre. Le soir venait, doux et tardif en cette fin août.

Au travers des grands feuillages verdoyants, nous devinions la maison d'Isabelle Paledise, baignée d'un rayon de soleil perçant à travers les nues, tombant tout exprès sur cette seule demeure.

À cet instant, Isabelle se faufila entre mon épouse et moi-même et, glissant ses bras sous les nôtres, nous dit en nous serrant si fort :

« N'est-il pas beau mon soleil de Monédière ! »

L'évidence lui donnait raison. Bientôt, elle ne verrait plus son soleil et, petit à petit, sa maladie effacerait le monde. Son magnifique regard se perdrait en des lieux que je ne connaissais pas.

Entré par hasard dans sa vie, je ne pouvais me détacher désormais de son destin, mais je ne voulus pas approfondir cet état d'âme.

Elles étaient belles ces deux femmes, différentes et unies grâce à l'amour d'un homme disparu.

Angèle prit congé et nous restâmes tous les trois. Nous prîmes place autour d'une table parée d'une nappe blanche, ajourée à l'ancienne, où le dîner nous attendait. Une tiédeur, un bien-être nous environnait, tandis qu'une tristesse progressive s'emparait de notre hôte. Afin de chasser ce trouble naissant, nous parlâmes de nos vacances azuréennes, du bleu du ciel et de la mer qui veulent se mélanger dans l'horizon sans pour autant y parvenir.

Puis, près du guéridon où nous tenaient compagnie les fleurs des champs, les vieux fauteuils nous invitèrent.

Isabelle Paledise avait besoin de parler, de nous raconter.

« Mes amis, dit-elle, à notre amitié il manque quelques vérités que vous devez savoir. Ce n'est pas une confession, mais je ressens comme une nécessité… »

Nous essayâmes mon épouse et moi-même, de lui signifier que ses secrets lui appartenaient. Nous étions heureux de son estime et de sa confiance et nous l'assurions de toute notre amitié.

« Comme je vous l'ai déjà dit, je vais vivre désormais à Monédière, et y mourir sans doute, mais rassurez-vous, je ne suis pas pressée…

– Nous y comptons bien.

– J'ai de graves problèmes de vue, et rien au monde ne pourra y changer quoi que ce soit, c'est ainsi ! C'est vrai je ne porte pas de lunettes, c'est ma dernière coquetterie. Oui, poursuivait-elle, je peux devenir aveugle en quelques instants ; aussi je veux vous parler en vous regardant encore une fois. »

En souriant, elle corrigea délicatement quelques fleurs du bouquet et continua :

« Je dois vous dire, et cela va peut-être vous choquer : pendant le service militaire de Rolland, j'ai dû accepter pour mes parents, un mariage d'affaire comme l'on dit. Ayant cédé à un chantage, mon père m'a imposé cette horrible chose. J'ai donc épousé Jacques Villelong ; cela a duré cinq mois, cinq longs mois de déshonneur. Puis nous nous sommes séparés, la situation était impossible à vivre. Bref ! Je sortis marquée au fer de cette tragédie. »

Je connaissais évidemment cette histoire de mariage, que m'avait confiée Mme Garoche, mais jamais je n'avais parlé de cette situation qui ne me regardait pas. J'étais témoin et parfois un confident.

« Et Rolland ? demandais-je.

– J'aimais toujours Rolland, et lui cachais le secret pendant le plus longtemps possible. Mais un jour, n'y pouvant plus, je lui avouais ma vie et toute mon histoire. »

Isabelle regardait fixement un miroir reflétant simplement la tapisserie de la cloison opposée. Deux larmes glissèrent le long de son visage, son merveilleux visage.

« Rolland ne m'a rien dit sur l'instant. “Si tu m'aimes encore, je peux t'attendre le temps que tu voudras”, m'écrivit-il le lendemain. Alors commencèrent des temps heureux… Il venait très souvent à Paris. Montmartre n'eut plus de secrets pour lui, comme Monédière pour moi. C'est à ce moment-là que j'entrai chez Chantal Worllège. Un jour, j'appris que j'étais enceinte et je le pris très mal ; je ne sais toujours pas pourquoi, mais je ne voulus pas en informer Rolland. Je provoquai alors une dispute et lui demandai de ne plus me voir pendant un certain temps...

– Accepta-t-il ? osai-je.

– Oui, Rolland me dit qu'il préférait m'attendre plutôt que de me perdre ! Je l'aimais et nous nous écrivions. Aujourd'hui cela paraît invraisemblable n'est-ce pas ? Et les mois passèrent et mon enfant vint au monde, un garçon de trois kilos que j'appelai Roll, vous devinez pourquoi ? »

À ce moment précis son visage devint triste et dur.

« Au bout de quelques jours, les médecins lui découvrirent, suite à des comportements anormaux, une malformation cardiaque. Cet enfant ne vivrait que très peu de temps, me dirent-ils. Que faire ? Que dire à Rolland ? Je tus mon chagrin, et refusais toujours les visites. Je n'avais aucun espoir de voir grandir Roll, et ce que je craignais arriva un matin, le jour de ses quatre mois ; je le découvris sans vie dans son berceau, à l'heure où d'habitude il réclamait... Ce fut un bébé magnifique, et personne n'aurait pu imaginer en le voyant que... »

À nouveau du silence, nous ne savions que dire.

« Il y a dans la vie des situations incontrôlables pour moi. Rolland n'a jamais su. Peut-être juste à la naissance l'idée de le prévenir m'a effleurée une seconde, mais lorsque j'ai su sa maladie, j'ai vite renoncé. Et plus tard je n'ai osé le lui dire, ça lui aurait causé une trop grande blessure... Puis nous nous sommes revus. J'ai prétexté une maladie grave pour justifier mon comportement. A-t-il été convaincu ? Je n'en suis pas sûre. »

À cet instant nous entendîmes des bruits de pas près de la maison, comme quelqu'un qui s'en allait. Isabelle s'approcha de la fenêtre, observa de gauche et de droite puis : « C'est peut-être un chien des voisins, je ne vois rien d'autre. »

La conversation reprit. Isabelle et Rolland vivaient leur amour ainsi, quelques jours à Paris, d'autres à Monédière. La maison blanche était leur refuge et tous deux s'en contentaient. Isabelle se vouait tout entière à son métier, présentant ses créations et jouant les mannequins. Voulant réussir sa vie professionnelle, elle s'y consacrait jour et nuit. Les ans passaient, tout passait et Rolland s'habitua à cette situation.

« J'ai gâché ma vie sentimentale craignant la réaction de Rolland. L'aimais-je assez ? Je n'ai obtenu qu'une reconnaissance dans la haute couture ; aujourd'hui je n'ai que des souvenirs et des regrets.

– Chacun d'entre nous a les siens, je pense…

– Combien de fois ai-je reçu des propositions de mariage, mais à chaque fois, je choquais par ma désinvolture. Même M. Kimbell m'a laissé entendre… Mais au fond de mon cœur il n'y avait qu'un seul homme, celui qui m'avait pris la main et mes premiers baisers, ici, à Monédière, il y a… »

Nous étions muets, attentifs. Les minutes s'écoulaient dans cette pièce tapissée de papier à fleurs bleues. La clarté du lustre à cinq ampoules s'amusait par endroit sur le parquet ciré.

« Rutherford Kimbell se manifestera encore, dis-je.

– C'est probable, mais le temps est un grand maître, il arrange bien des choses. Je vais vivre ici une retraite hâtive et je ne demande pas autre chose, heureuse de voir mon soleil le plus possible et vous aussi. L'écomusée se réalisera, le hameau vivra sa vie nouvelle et moi aussi, celle que je mérite, celle qui me reste. »

Isabelle nous souriait, regardant l'un, l'autre. Personnage hors du commun par sa beauté étrange. Je l'aurais cru faite pour le bonheur, pour une vie extraordinaire en tant que femme. Seule une notoriété professionnelle semblait avoir été son but. Que restait-il de cela aujourd'hui ?

Soudain, rompant le silence doucement revenu :

« Mon pauvre Rolland, je ne te méritais même pas, je ne suis pas venue pour... Il est vrai que je parcourais le monde. Voyez-vous, toujours des excuses... Je reçois des lettres des grands de la haute couture, me demandant de revenir à Paris. Chantal Worllège, ma grande maison n'a pu admettre mon départ ; mais aujourd'hui j'ai poussé la porte et laissé derrière elle tout ce tapage, ces nuits d'angoisse dans les ateliers, près des couturières, et ces éblouissantes lumières dans les présentations des collections, où l'émotion vous use petit à petit.

– Que de merveilles avez-vous créé !

– J'adorais mon travail, mais il m'a consumée tout entière, et dans ma mémoire je ne vois pas de bonheur si ce n'est celui qui me vient de cette terre où je suis maintenant. Parfois j'ai peur de vivre longtemps et de m'ennuyer dans mes regrets. Certains jours au contraire je crains de mourir bientôt sans avoir eu le temps de revivre dans mes pensées les instants secrets et merveilleux que m'a donnés Rolland. Quand je disparaîtrai, ma maison rejoindra l'écomusée, ce sera ma contribution.

– Vous êtes pessimiste.

– N'en parlons plus, mais je voulais que vous le sachiez, seule ma mère est dans la confidence.

– Vous n'avez rien dit à votre père ?

– Il n'est plus de ce monde, mais vous ne pouviez le savoir...

– Excusez-nous...

– Je vous en prie ; ayant mesuré la peine et le chagrin qu'il m'avait causés par l'aventure grotesque de ce mariage forcé, il s'éloigna de moi et devint un homme odieux avec ma mère. J'aurais souhaité l'inverse mais c'est ainsi et petit à petit je me suis détachée de lui. Ses affaires devinrent difficiles et il fut emporté par un infarctus six ans plus tard. Mon père était autrefois un homme formidable, d'une droiture exemplaire. Puis certaines relations et fréquentations... La vie entraîne parfois les eaux calmes et tranquilles dans des torrents destructeurs. Ce fut le cas pour lui.

– Georges, votre frère ?

– La politique, voilà sa passion. C'est un intellectuel nommé sous-préfet ; nous ne nous voyons presque jamais, le téléphone de temps à autre et cela nous suffit, nous ne sommes peut-être pas comme tout le monde...

– Chaque famille a son histoire, des passions, des chagrins.

– Georges aimait Monédière, il disait : “Je vais écrire un scénario et un film se fera sur ce hameau, je te le promets... Ce coin de terre est merveilleux, tout est si naturel comme chez Marcel Pagnol.” C'est vrai qu'il a tout ce qui est nécessaire à la vie ici, tout de la terre jusqu'au ciel, en passant par les hommes, les animaux, la nature pure et si dure à la fois. “Terre de sueur à vivre et de cœur à mourir”, comme dit un poète d'ici. Quant au film rien ne fut fait, peut-être vous monsieur Orlan ? N'écriviez-vous pas ?

– J'ai pris quelques notes et noirci des pages, mais j'ai surtout rencontré des amitiés et cela vaut plus que tout... J'ai photographié le village sous tous les angles, je vous montrerai.

– Tout est beau et tout est triste ! Ne dit-on pas que la beauté est souvent dans la mélancolie. »

Que de tristesse dans notre conversation. Isabelle dans sa peine était encore plus séduisante. Un charme extraordinaire émanait de cette femme, quelque chose d'indéfinissable me pénétrait l'âme... Au fil de la soirée agrémentée de douces infusions, nous comprenions mieux son besoin de nous parler. Nous étions ses nouveaux amis qui l'écoutions, la rassurions. Sa famille restait lointaine et sûrement non concernée par sa vie. Que de courage lui fallait-il pour vivre ici, à moins que ce ne fût une résignation ; l'état de sa vue était-il plus grave qu'il n'apparaissait ? Comment une personne si active, talentueuse, pouvait-elle se refermer ainsi, à l'écart du monde, de Paris, de son œuvre ?

Le cœur des humains est ainsi fait, qu'il puisse passer de la lumière à la nuit, sans qu'il soit besoin de poser tant de questions. Seule une motivation secrète donnait l'impulsion nécessaire à ce retrait.

Isabelle s'exprimait :

« Je change de vie, d'horizon, de pensée, et c'est ici que je vais vivre intensément, plus proche que jamais du seul amour de ma vie. Tout va revivre autour de ma maison pleine de soleil l'été, de douceur au printemps, de pluie et de brouillard à l'automne ; je tiendrai compagnie à l'hiver comme il se doit. Mais souvenez-vous, vous serez toujours mes invités, à votre bon vouloir, dit-elle en esquissant une agréable révérence. Angèle veillera sur moi ; sa mère a aussi besoin de sa présence, tout s'imbrique dans un nouveau puzzle. »

Après quelques hésitations :

« Monsieur et madame Orlan, avant de vous endormir, et si vous le voulez bien entendu, vous trouverez une lettre sur la petite table de votre chambre… Je serais heureuse que… Mais demain nous n'en parlerons pas, ni jamais… »

Puis le temps passa trop vite et l'heure tardive nous sépara. Une chambre romantique nous accueillit, une chambre où l'on rêve tous de dormir une fois, mais avec ce mystère qui nous attendait là : une enveloppe à l'adresse de Mlle Isabelle Paledise, à Paris. Hésitation ! Émotion ! Cachet de la poste de Saint-Tinsan, 28 juillet 19… Quand les feuillets manuscrits se déplièrent sous mes doigts, je ne pus retenir un sentiment de violation. Je lus : « Ma tendre Isabelle, il y a huit jours nous étions ensemble, et déjà tu me manques terriblement. Je revis les moments passés, tous ces moments qui se transforment en rêve auquel je m'accroche désespérément. Ils m'aident à vivre ici, dans ma terre cantalienne comme toi dans ta capitale. Je ne puis me passer de ma campagne, de mes récoltes, de ma pluie, pas plus que je ne puis me passer de toi ma douce Isabelle. Aussi je comprends que tu restes à Paris. Je serai patient jusqu'au bout du monde ; je t'attendrai ma vie entière, mais vivre à la ville... je ne pourrai jamais. Ici, quand la lumière du soleil se répand sur la terre, celle-ci devient un livre ouvert dont on peut lire une page chaque jour, une page d'histoire des paysans, des gens de chez nous, des pauvres hommes que nous paraissons avec la boue à nos sabots, mais qu'importe ! Je suis un Auvergnat, un caillou de mes champs, le feuillage de mes arbres et l'eau de ma fontaine, mais je sais aussi que je t'aime... Lorsque tu me rejoins, tu sais combien nous sommes heureux et libres dans ton "soleil à toi". Lui aussi t'attend ma tendre Isabelle, comme ton paysan amoureux fou de la plus belle des Parisiennes. »

Voilà ce que Rolland écrivit ce jour-là, avec une justesse des mots surprenante. Puis ce post-scriptum : « J'ai trouvé ce poème d'un poète cantalien, je te l'envoie. C'est notre vie, notre amour, mais je sais qu'un jour prochain, il n'y aura plus ce silence... »

Je sais une forêt où file un vieux chemin,
Sous les ombrages bleus, infiltrés de lumière.
Rappelle-toi ces jours où je prenais ta main,
Et tous deux assoiffés courions vers la rivière…

Le vent dans les rameaux s'accélère parfois,
Les caresses souvent, les courbes et les tiraille.
Quand je reviens ici respirer l'autrefois
Vois-tu mon bel amour, j'ai le cœur qui déraille.

Je revois le soleil qui dansait sur ta peau,
Créant de-ci de-là ce désir indicible,
Et l'ombre de mes mains dessinait le drapeau
Dans lequel tu vivais les lois de l'impossible !

Une ronce m'agrippe et la goutte de sang
Perce comme une fleur, une fleur d'excellence.
C'est un rêve qui naît, puis meurt en frémissant,
Et l'écho de mon cri se perd dans le silence.

Nous ne parlerions pas de tout cela, nous avions promis. Rolland Bassepierre me surprenait encore… lorsque je m'endormis.

Nous partîmes le lendemain, dans le matin frais. Parcourir notre Cantal aux routes sinueuses, tantôt sous les ombrages denses des hêtres, des chênes, des châtaigniers, abrités par des haies de noisetiers, de buissons, de fruitiers sauvages aux formes étranges, enchevêtrés au milieu de ronces folles et de fleurs par milliers, est toujours pour moi un immense plaisir.

Puis, vers les vallées qui annoncent le Lioran, le pays devient grandiose, vous invitant vers des randonnées merveilleuses que l'on ne fait jamais, mais que l'on se promet toujours d'organiser : je reviendrai là, avec du temps, consommer à pleine vie cette Auvergne unique et bienfaisante, où tout n'est que nature à l'état pur, verdure et perspectives, océan de formes où le ciel s'unit parfois aux sommets enneigés. Mais ici comme ailleurs, tout au long de ces villages, sous ses toits pentus aux cheminées lourdes et solides d'où s'échappent les écharpes bleues des fumées matinales, même en ce mois d'août, combien de secrets, de chagrins, de peines et d'histoires d'amour et de mort se dissimulent aux passants pressés qui ne savent ou ne veulent voir de plus près.

Comme à Monédière, sans doute des énigmes, des situations identiques qui s'entrelacent comme le font les taillis broussailleux qui bordent les méandres des ruisseaux et s'éternisent parfois sans solution au gré des saisons. Chaque fois que je franchis, pour le quitter, les limites de mon Cantal, une grande émotion m'étreint ; je ne souhaite pas la maîtriser, bien au contraire. Là dans l'Auvergne, le plus beau pays du monde, aurait écrit René de Chateaubriand, qui avait fort voyagé. *« Pays des eaux vives, des forces sauvages ! »*

Le Cantal n'est-il pas un immense volcan où ses cratères emplis maintenant d'eau pure se mirent dans les nuages ? La famille Paledise avait subi le charme de cette terre comme bien d'autres voyageurs.

Mais il faut naître ici, respirer le premier souffle de vie, boire tout petit les eaux des sources et user ses galoches sur ces chemins pour aimer jusqu'à la mort sa terre natale, aussi dure soit-elle !

Les images fuient dans le rétroviseur et se perdent au loin, mais dans mon âme un village demeure : image mouvante, emplie de chemins, de maisons, d'animaux et de gens, de vent, de soleil, de nuit et de lumière, avec pour point d'orgue Isabelle Paledise, mystérieuse et belle, déconnectée de la vie parisienne vivant désormais au monde de son éternel amour.

VIII

Le dernier voyage

Les lumières multicolores de la ville jaillissaient des réverbères, des vitrines, des enseignes, des véhicules, des cafés, restaurants et autres lieux. Beaucoup, beaucoup de lumières agressives dans Montmartre !

Je marchais dans le va-et-vient de la foule, me laissant emporter par elle ; une soirée douce en ce mois d'octobre, plus qu'à l'habitude. Les peintres de la butte proposaient encore leurs toiles et croquis, les marchands de cartes postales et de souvenirs haranguaient les éventuels chalands dans ce brouhaha sympathique.

Soudain, l'incroyable face-à-face : me souriant tendrement, Isabelle était là, devant moi me tendant la main. Surprenante invitation ! Je lui donnai la mienne et tous deux nous marchâmes, mêlés à cette cohue nocturne. Nos regards complices se croisaient, s'arrêtaient sur les mêmes bagatelles, les mêmes détails : un tableau, un personnage, des amoureux, un coin de vitrine, et nos rires éclaboussaient toutes ces choses un instant intéressantes, une seconde plus tard insignifiantes. Mais nos mains ne se lâchaient pas.

Merveilleux endroit pour cette rencontre ! Une robe blanche longue et vaporeuse, un bouquet de minuscules fleurs bleues piqué sur son corsage, un ruban de soie de même couleur autour de son cou, Isabelle devenait irrésistible ! À l'angle de la rue de l'Oie et de la rue Mauve, elle me dit : « C'est ici. » Je remarquai alors que nous n'avions pas prononcé un seul mot depuis notre rencontre...

Nous étions devant un immeuble très ancien ; la porte s'ouvrit toute seule dès notre approche. Isabelle me tira doucement à l'intérieur, et, docile, je la suivais heureux et surpris. Ses yeux éclataient de bonheur, son sourire et sa beauté n'avaient rien au monde d'équivalent.

Les marches d'un escalier en colimaçon nous invitèrent ; lentement nos pas marquaient l'épais tapis qui les recouvrait. Point d'ascenseur, mais une rampe de bois qui tournait longtemps. Personne ne venait et nous passions devant des portes, toujours des portes... Puis Isabelle s'arrêta et sortit de quelque part une clef qu'elle introduisit dans une serrure. La porte s'ouvrit doucement sur une chambre bleue ; je n'eus que le temps de l'entrevoir car à cet instant elle me fit un signe pour me dire silence, et se blottit contre moi. Je dus reculer et m'appuyer sur la rampe de l'escalier, prisonnier de ses bras et de son charme. Ses lèvres s'approchèrent des miennes et je sentis son corps tout entier contre le mien. Ses yeux me dirent quelque chose que je ne compris pas. Je la serrais dans mes bras si fort... alors que nos deux corps basculaient par-dessus la rampe. Vertigineux voyage sans cri, aux efforts terribles pour ne pas se séparer, dans ce tourbillon qui nous emportait...

Je voyais son visage, ses yeux désespérés, puis les voiles blancs de sa robe firent un grand brouillard. Quand nos mains se lâchèrent enfin à force de se déchirer, je criais de toutes mes forces, criais une dernière fois avant cette fin du monde.

C'est à ce moment-là que je sursautai, assis sur mon lit, les mains crispées serrant les draps. J'avais mal à ma poitrine. Puis, petit à petit tout s'apaisa... Je demeurais une bonne heure éveillé, me posant mille questions aux réponses encore plus absurdes. Un cauchemar que je n'oserais pas lui raconter, même plus tard.

Insensiblement, pris au piège de cette saga, j'en devenais un acteur ? Ah ! Non, certainement pas. J'étais un passant du livre, un regard partageant d'autres regards, sachant écouter certes, mais ne jouant aucun rôle. Curieux ? Oui ! Je notais à tout hasard la date de cette mésaventure sans conséquence, 21 octobre.

Quelques jours plus tard, vers les 18 heures, avant de rentrer, je me rendis à Montmartre. Le songe, fortement estompé m'intriguait encore. Les escaliers de la butte non encombrés me guidaient. Des visiteurs, assis sur les grandes marches observaient le panorama extraordinaire qui s'offrait à leurs yeux. Je cherchais dans ma mémoire les images rêvées ; tout était autrement. La basilique du Sacré-Cœur absente de mon rêve, les lumières, les vitrines, les peintres si différents. La rue de l'Oie et la rue Mauve n'existaient pas…

J'entrai dans un café ; devant un demi de bière que je ne consommais pas, j'observais. Rien ne ressemblait à ce que j'attendais, naïvement. Comment pourrait-il en être autrement ?

Je refis le chemin en sens inverse et me promis de revenir plus souvent ici, dans le territoire secret de Rolland, qu'Isabelle lui avait fait découvrir, lui le paysan bourru et mal rasé de Monédière.

Stupide ! Je me sentais stupide d'avoir voulu vérifier un songe… laissons leur affaire aux onirologues.

Tout ceci était oublié et ce soir-là nous regardions la télévision, à l'heure des infos. Puis ce message : « À 13 heures nous vous informions de la disparition d'un avion américain en partance de l'aéroport Charles-de-Gaulle à Roissy en France. Une dernière dépêche nous informe qu'il s'agit d'un “jet” affrété par la Morgan Kimbell Compagnie, société américaine, à destination de New York, ayant plusieurs passagers à son bord dont le célèbre mannequin Isabelle Paledise, qui s'était récemment retirée des affaires. L'appareil s'est scratché dans l'Atlantique, non loin des côtes françaises, après avoir lancé un message de détresse. Malgré un important dispositif de recherche, aucun survivant n'a été retrouvé à l'heure actuelle... »

Ma femme et moi restions abasourdis, cloués par l'information. Aucun doute possible, l'incroyable était là. Rolland puis Isabelle, tous deux disparus tragiquement... Et comme souvent, pour ne pas dire toujours en ces cas-là, nous n'avions rien à faire et rien à dire qui puisse désormais modifier le fil des événements. Étonnés cependant qu'Isabelle ne nous ait pas avertis de son voyage, mais rien ne l'y obligeait. Elle téléphonait de temps à autre et tout semblait normal dans sa vie. Nous parlions longtemps de Monédière, des instants vécus là-bas et surtout des derniers jours d'août. Dans ma tête, les noms de ceux qui défilèrent sur ces pages se bousculaient : les Bassepierre, les Paledise, les voisins Garoche, Auguste Féracé dit Fer à cheval aux histoires fantastiques, voulant ignorer la valeur de l'or, Mauricette et les autres. Les Kimbell d'Amérique, cette Amérique que nous avions découverte grâce à Isabelle Paledise, Isabelle la magnifique aux yeux pers, qui gisait quelque part dans l'océan.

Le destin n'avait pas permis que le continent américain nous la prît.

C'est avec beaucoup de peine et de tristesse dans le cœur que le sommeil nous emporta ce soir-là.

Il ne subsistait aucun espoir de retrouver le moindre survivant lorsque nous arriva une lettre d'Isabelle, postée de Paris. Sensation étrange et curieuse de recevoir un message de quelqu'un qui n'est plus. Nous étions loin d'imaginer le contenu du courrier...

En effet, Isabelle nous informait qu'elle quittait Monédière pour quelques mois. Ses raisons étaient graves et pénibles, prises à contrecœur, mais nécessaires.

Puis elle précisait les faits :

« Une nuit d'octobre, le 21, vers les 11 heures du soir, on vint frapper à sa porte. Le visiteur se présenta et elle ouvrit normalement sa porte. Elle connaissait bien cet homme, et vous aussi, écrivait-elle. C'est celui à qui il manque un doigt. Mais il avait des pensées bien précises. Il la désirait depuis toujours et maintenant qu'elle était revenue, ne pouvait plus supporter sa présence. Connaissant une partie de sa vie, certains détails sur un enfant, il usait de chantage. Rien ne pouvait retenir cet homme et ses desseins.

Elle essaya de s'enfuir, ouvrit la porte mais fut retenue à l'intérieur. L'individu fou de rage lui dit : "Je t'avais dit un jour que je t'aurais."

Il renversa Isabelle qui se débattait et criait de toutes ses forces, mais l'homme était fort. « Je me défendais comme une tigresse, écrivait-elle. Il me frappait et me serrait à la gorge, m'immobilisant sur le plancher. C'est à ce moment-là que surgit je ne sais d'où, Bom's le chien de Rolland. Il se rua sur mon agresseur, méconnaissable de rage, il plongea ses crocs dans ses épaules, fermant ses mâchoires d'acier dans des grondements terribles. L'homme lâcha prise sous la douleur, mais Bom's comme enragé n'arrêtait pas. "Je vais le tuer, comme toi..." Ils roulèrent au dehors et à ce moment-là le chien lâcha prise tout en montrant ses crocs ; puis il s'assit devant la porte, tel un gardien.

L'homme s'enfuit et disparut dans la nuit, et quelques instants plus tard, Bom's en fit autant. Me retrouvant seule, meurtrie, prisonnière de ma solitude, je me barricadai chez moi, n'osant appeler personne.

Le lendemain, continuait-elle, j'étais envahie de douleurs et couverte d'ecchymoses, dissimulant mon cou sous un volumineux col roulé. Angèle m'apprit que son frère avait abattu Bom's devenu enragé...

Je ne portai pas plainte et je téléphonai à Rutherford Kimbell qui désirait me recevoir quelque temps en Amérique, pour mes yeux, disait-il. J'ai accepté son invitation et profite d'une de ses visites à Paris le 30 pour le suivre. Je préfère vous écrire pour vous dire tout cela.

À mon retour, je vous invite à Monédière pour quelques jours, j'aurai besoin d'amis pour recommencer et affronter qui vous savez. Ce village que je vais quitter pour deux ou trois mois et "mon soleil de Monédière" me manquent déjà dans cette si belle région de France. Je laisse une clef pour vous chez Angèle, au cas… »

J'ai lu et relu cette lettre, hélas nous ne nous reverrons plus. Le soleil de Monédière, maison blanche au milieu des roses ne recevra plus sa belle propriétaire. Que deviendra-t-elle ?

Promise par testament à l'écomusée, peut-être… mais ce n'est pas à moi d'extrapoler. Mon âme s'inquiète, se tracasse… le rêve de Montmartre ? La date ? Je recherche, 21 octobre… la nuit où à Monédière Isabelle…

Une de ces coïncidences dont je ne veux pas me soucier, laissons cela, et pourtant…

L'histoire se verrouillait toute seule, cruelle !

Aujourd'hui, le cœur serré, la peine dans l'âme, j'écris les dernières lignes de ce livre. Je voulais n'être que le témoin, le photographe d'une image de vacances, le peintre d'un tableau. Mais voilà que les personnages sont entrés dans mon intimité. Je les aimais et je les ai perdus tous deux, pris dans leur destin.

Monédière ne mourra pas, l'écomusée se réalisera un peu grâce au trésor de Fer à cheval. D'autres mystères naîtront, d'autres orages éclateront et leur pluie lavera les chemins.

Le silence resta mon seul compagnon jusqu'au crépuscule de ce jour. Le sommeil ne venant pas, je voyais sans cesse ces deux êtres peuplant mon âme. Je suivis malgré moi, une dernière fois Rolland dans un voyage imaginaire :

Ses pas inventaient des sentiers au creux d'une forêt transparente et fragile. L'inquiétude ralentissait son allure. Il découvrait une vallée merveilleuse, troublante, magnifique, irrésistible ; un récit tout neuf ouvert sur le rêve.

Plus vivante, plus vraie, une fois de plus la princesse apparut, éblouissante : celle qu'il souhaitait, celle qu'il voulait, qu'il aimait. Superbe, envoûtante, mais le regard tendu vers un horizon inconnu, lointain. Expression confuse, visage désirable à prendre de ses deux mains, à embrasser avec tout l'amour du monde…

Rolland s'agenouilla devant elle, tout près, si près qu'il n'eut qu'à refermer ses bras pour serrer contre son cœur son égérie. La déesse ne bougeait pas mais il sentait sa vie à elle, sa vie qu'il savait rien qu'à elle. Alors quelques mots lui échappèrent : ma princesse, mon amour… Sans doute le vent se moquait-il de lui ? Mais il luttait encore pour faire basculer le songe dans la réalité.

Elle glissa ses mains sur ses épaules, les effleurant à peine, mais ses yeux ne quittaient pas l'horizon. Elle ne percevait pas la tiédeur des larmes qui traversaient l'étoffe de sa jupe et le satin de ses bas. L'homme se consumait seul au feu de ses mots, de sa passion, de son amour, tant il souffrait. Elle partit sans qu'il s'en rendît compte et le laissa seul marcher dans son rêve, sans tourment, peut-être dans la déraison. Puis la nuit arriva, modulant un nouvel espace. Le ciel se constella d'un milliard d'étoiles.

Rolland savait désormais qu'il demeurerait seul. Il se coucha à même le sol scrutant intensément l'obscurité. Comme un message, un visage de femme apparut, le regardant avec cette mélancolie étrange et sublime qu'il adorait. Tremblant, il tendit ses bras vers elle, tentant désespérément de prononcer un mot, un seul, mais en vain... Un dernier sourire et le mirage s'enfuit telle une comète, pour devenir une étoile plus belle que les autres accrochée dans la voie lactée tout près du grand chariot.

Alors ses poings se crispèrent et ses ongles s'enfoncèrent dans les paumes de ses mains, déchirèrent sa peau et ouvrirent sa chair, invitant davantage encore la souffrance physique... La voûte du ciel au milliard de lanternes, débordante de mystère veillait sur le monde, ignorant le drame des humains.

Plus tard, bien plus tard à l'aube, le premier rayon de l'astre solaire découvrit ce corps sans vie, parmi les fleurs sauvages de sa vallée, près du chemin vide. Cette éblouissante clarté l'enveloppait, chimérique linceul de lumière et de chaleur inutile. Les yeux fixaient encore un point invisible gommé par le jour. Ses pauvres mains avaient aimé le monde, ayant peiné comme tant d'autres ; meurtries, déchirées jusqu'à laisser s'échapper la vie, les espoirs en deux ruisselets rouges et noirs.

Un grondement sourd, puis un coup de tonnerre précédèrent la dislocation de l'écorce terrestre. Le sol s'ouvrit, se retourna, emportant les prairies, les rochers, la rivière, les arbres et le corps du malheureux dans un cratère profond... Les deux versants du vallon se fermèrent comme un livre, dans un fracas assourdissant. Un nuage immense priva le monde de lumière, créant un crépuscule désordonné ; tandis qu'au fond de la terre une fontaine de rêve disparaissait. La vallée merveilleuse devint le tombeau d'un amour impossible !

Quelques jours plus tard, des observateurs astronomiques s'inquiétèrent de l'apparition d'une étoile bleue ; les savants la baptisèrent d'un nom scientifique. Plus près de nous, une nouvelle montagne naquit, couverte de vie et de soleil. Seule une cicatrice longue comme sa crête ne disparaissait pas, inguérissable. Pas un brin d'herbe, pas une fleur n'y prenait racine et jamais un oiseau ne s'y posait... Seul Rolland connut le vrai nom de l'étoile bleue, mais hélas, il avait emporté à tout jamais son secret.

J'imaginais, se dessinant sur le ciel, les silhouettes des deux grands sapins de Monédière, les sentinelles, se bougeant doucement à l'unisson, sans jamais pourtant s'atteindre…

Quand la nuit pesa plus que le jour, ma dernière pensée fut pour « le jamais rasé ». Je me souvenais d'une phrase :

« Isabelle pour moi, c'est impossible ! »

Malgré moi, mes yeux se mouillèrent un peu, et doucement je m'endormis.

Table des matières

Dans la même collection

Les textes de la collection Terre de Poche nourrissent la mémoire collective à travers des histoires fortes, des récits de voyage, des documents historiques ou des chroniques intimes.

1 - *La Bête du Gévaudan*, François Fabre et Jean Richard
2 - *Voyages avec un âne dans les Cévennes*, Robert Louis Stevenson
3 - *Le Pain de Lamirand*, Jean Anglade
4 - *La Burle*, Paul Perrève
5 - *La Montagne aux sabots*, Georges Rey
6 - *La Dernière Estive*, Antonin Malroux
7 - *Clémentine*, Jean-Louis Chantelauze
8 - *Tintinou, paysan*, Justin Bourgeade
9 - *Le Pain de cendre*, Paule Valette
10 - *Le Retour de Rose*, Yveline Gimbert.
11 - *Le Troisième Prétendant*, Jean-Pierre Fournier la Touraille
12 - *Les Porteurs de terre*, Jean Rosset
13 - *Les Galoches Rouges*, Paul Perrève
14 - *La Meule Éclatée*, Paule Valette
15 - *La Tondue*, Marie de Palet
16 - *Julien, berger des collines*, Julien Ventre
17 - *Le Secret de Marie*, Jean Chauvigné
18 - *La Roque-Basse*, Claude-Rose Touati
19 - *Le Refus*, Christian Marcon
20 - *Les Arbres de mai*, François Cognéras
21 - *La Tuile à loups*, Jean-Marc Soyez
22 - *Le Sentier Aride*, Marie de Palet
23 - *La Petite Fadette*, George Sand
24 - *La Vallée des forges*, Joseph Gourgaud
25 - *Antoinette, une vie de femme en 1900*, René Proriol
26 - *La Demoiselle du presbytère*, Yvette Frontenac

27 - *Jacquou le Croquant*, Eugène Le Roy
28 - *La Belle Ouvrage*, Gérard Boutet
29 - *Mémoires de femmes*, Gérard Boutet
30 - *Saisons paysannes*, Gérard Boutet
31 - *Les Encriers de porcelaine*, Jean-Paul Malaval
32 - *Comme le scorpion sous la lauze*, René Évrard et Aimé Vielzeuf
33 - *L'Étoile rousse*, Yvette Frontenac
34 - *La Rosée blanche*, Jean-Paul Malaval
35 - *Là où les chèvres sont pires que les loups*, Michel Verrier
36 - *Adieu lou païs*, Micheline Boussuge
37 - *Les Mains au dos*, Jean Anglade
38 - *Le Destin des Vanbergh*, Gilberte-Louise Niquet
39 - *L'Enfant oublié*, Marie de Palet
40 - *Les Forestiers*, Gérard Boutet
41 - *Métiers insolites*, Gérard Boutet
42 - *Nos grands-mères aux fourneaux*, Gérard Boutet
43 - *Les Jours derrière la montagne*, Paule Valette
44 - *Les Années buissonnières*, Roger Bichelberger
45 - *La Batteuse*, Charles Briand
46 - *L'Empreinte du dieu*, Maxence Van Der Meersch
47 - *L'Enfant de la Borie*, Jean Rouquet
48 - *Le Dernier Regain*, Francis Grembert
49 - *La Ferme des neuf chemins*, René de Maximy
50 - *L'Enfant de la Montagne noire*, Laurent Cabrol
51 - *Les Enfants du beffroi*, Gilberte-Louise Niquet
52 - *Des croix sur la mer*, Jean-François Coatmeur
53 - *La Robe bleue d'Hélène*, Jean Mouchel
54 - *La Bâtisse aux amandiers*, Henri Julien
55 - *L'Ivraie et le Bon Grain*, Jean Anglade
56 - *Mensonges*, Jacques Mazeau
57 - *Au café de l'Église*, Jean-Marc Soyez
58 - *La Passe-Vogue*, Simone Chamoux
59 - *Le Bal des sabots*, Georges Rey

60 - *Le Pensionnat*, Josette Alia
61 - *Les Disparues de la Saint-Jean*, Laurent Cabrol
62 - *Les Ombres du Léman*, Daniel Vigoulette
63 - *Les Rustres*, Jacques Rouil
64 - *Apollonie*, Henri Jurquet et Marie Rouanet
65 - *La Ferme d'en bas*, Jacques Mazeau
66 - *L'Atelier du vannier*, François Gardi
67 - *Le Chat derrière la vitre*, Gilbert Bordes
68 - *Le Mal rôde*, Jean-Claude Sordelli
69 - *Le Moulin des retrouvailles*, Bernadette Puijalon
70 - *Les lentilles vertes*, Henri-Antoine Verdier
71 - *Orgueilleuse*, Suzanne Lardreau
72 - *Le Chemin des larmes*, Christian Laborie
73 - *La Bouzoute*, Armand Toupet
74 - *Le Pays oublié*, Jean Anglade
75 - *Les Gens de la vallée*, Georges Ribes
76 - *Les Souliers ferrés*, Maurice Bouchet
77 - *Jeantou, le maçon creusois*, Georges Nigremont
78 - *Le Nid de la hulotte*, Dicta Dimitriadis
79 - *Les Cinq Filles du Grand-Barrail*, Geneviève Callerot
80 - *La Taille de la Saint-Vincent*, Michel Verrier
81 - *Les Vieux Démons*, Joël Sélo
82 - *La Vie en plus*, Georges-Patrick Gleize
83 - *La Servante*, Louis-Olivier Vitté
84 - *Le soleil de Monédière*, Antonin Malroux
85 - *Le blé germe en hiver*, Marie Nicole Cappeau

Poches pratiques

P1 - *Saints, Anges et Démons*
P2 - *Mots d'amour*
P3 - *Citations, Proverbes et Dictons*
P4 - *Trucs et Conseils à l'ancienne*
P5 - *Grandes et Petites Histoires de la gourmandise française*
P6 - *Aux plaisirs du Jardin*
P7 - *Confitures et Gourmandises*
P8 - *Vertus et Bienfaits des plantes*
P9 - *La Cuisine sauvage au jardin*
P10 - *La Cuisine sauvage des haies et des talus*
P11 - *Le Saisonnier – Guide du jardinage naturel*
P12 - *Secrets de beauté*
P13 - *Confidences de guérisseurs*
P14 - *Votre santé par les élixirs*
P15 - *Votre beauté par les plantes*
P16 - *Les Légumes de votre marché*
P17 - *Secrets de fruits*

D i s p o n i b l e

La Dernière Estive

Antonin Malroux

Auguste, fils d'Espagnols réfugiés en France durant l'entre-deux-guerres, rencontre la douce et fragile Hélène, qu'il nomme Espérance. Mais, en 1944, la guerre brise les amours débutantes par des événements qui laisseront planer derrière eux un mystère étrange.

78

Photocomposé par Nord Compo
à Villeneuve-d'Ascq